스웨트
땀, 힘겨운 노동
Sweat

스웨트
땀, 힘겨운 노동
Sweat

린 노티지
Lynn Nottage

고영범 옮김
우연식 그래픽

〈SWEAT스웨트〉는 국립극단 제작으로
2020년 9월 4일 명동예술극장(서울)에서 초연될 예정이다.
초연 창작진 및 출연배우는 다음과 같다.

작	린 노티지
연출	안경모
번역	고영범
드라마투르기	최성희
무대	도현진
조명	김영빈
의상	오수현
영상	박준
음악	윤현종
음향	송선혁
분장	백지영
소품	송미영
무술	이국호

캐스트	
신시아	이항나
트레이시	강명주
크리스	송석근
제이슨	박용우
오스카	김세환
스탠	이찬우
브루시	김수현
제시	최지연
에반	유병훈

차례

등장인물 ..7

공간적 배경 시간적 배경 참고 사항 ..8

I막 ..11

II막 ..119

옮긴이의 말 ..210

등장인물

에반	아프리카계 미국인. 사십대
제이슨	독일계 백인 미국인. 스물하나/스물여덟 살
크리스	아프리카계 미국인. 스물하나/스물여덟 살
스탠	독일계 백인 미국인. 오십대
오스카	콜럼비아계 미국인. 스물둘/서른 살
트레이시	독일계 백인 미국인. 마흔다섯/쉰세 살
신디아	아프리카계 미국인. 마흔다섯/쉰세 살
제시	이탈리아계 미국인. 사십대
브루시	아프리카계 미국인. 사십대

이 인물들은 모두 펜실베이니아 주 벅스 카운티 태생이다.

공간적 배경
펜실베이니아 주 레딩 타운[1]

시간적 배경
2000/2008

참고 사항
두 줄의 사선 표시(//)는 그 지점부터 대사가 겹쳐야 한다는 표시다.

특별한 지시가 없는 한 대사는 술집에서 이뤄지는 대화처럼 빠르고 자유로운 흐름을 유지해야 한다. 인물들은 서로 상대방의 생각의 흐름에 끼어들지만, 동시에 생각에 빠져 침묵을 유지하는 순간도 종종 있다.

---

[1] 이 희곡의 작가 린 노티지는 2011년에 펜실베이니아 주, 벅스 카운티에 소재한 레딩에 가서 주민들과 인터뷰를 하면서 이 작품을 쓰기 시작한다. 이 극에 등장하는 인물들과 바의 존재 자체는 허구지만 그 지역의 구체적인 맥락 안에서 구상되었다. 레딩은 극빈층이 전 인구의 40% 이상인, 미국 내에서 가장 빈곤한 지역으로 꼽힌다.

★

오, 그래,
있는 그대로 말하지,
미국은 나한테 미국이었던 적이 없다,
그래도 나는 철썩같이 믿는다—
그렇게 될 거라고!

갱스터 같은 죽음, 강간과 부패,
그리고 잠행과 거짓의 폐허들로부터 벗어나,
우리들, 인민은 돌려받아야 한다
토지와 광산과 공장과 강을.
저 산들과 끝없이 펼쳐진 평원—
이 모든, 드넓게 펼쳐진 이 거대한 녹색의 나라를—
그리고 미국을 다시 만들어야 한다!

★

랭스턴 휴즈

I

1
2008년 9월 29일

바깥 기온 22도. 뉴스에서는: 제63회 UN 총회가 개회된다. 다우존스 제조업 평균지수가 778.68포인트 하락하면서 주식시장 역사상 하루 낙폭으로는 최고 기록을 기록한다. 레딩 주민들이 올드 드라이 로드 농장에서 열리는 연례 가을 페스티벌에서 신선한 애플 사이다를 맛본다.

음악. 조명이 들어온다.

보호감찰관 사무실. 휑하고 상투적인 공간.

제이슨(백인, 스물아홉 살). 머리를 짧게 깎았고, 한쪽 눈에는 멍이 들었다. 얼굴 전면에 백인우월주의자들의 문신을 했다. 에반(흑인, 사십대 후반)은 펑퍼짐한 몸매다.

에반   그래서, 일자리는 찾았습니까?

제이슨   예.

에반   하나하나 다 확인하지는 않겠습니다. 규정은 다 알고 있을 테니까.

제이슨	예.
에반	그래서, 프레츨을 만든다고?
제이슨	예.

사이

에반	부드러운 거[1]?
제이슨	예.
에반	주소지는 동일한가요?
제이슨	예.
에반	선교원?
제이슨	예, 드디어 아래층에 침대를 얻었어요.
에반	그거 아주 잘됐네. 그 합숙소가 상당히 깨끗하다 그러더만.
제이슨	예, 근데 좆만이들이 다 훔쳐가요. 좋은 걸 갖고 있을 수가 없어요. 근데, 어, 헌트 신부님이 제 거북이들은 가지고 있어도 된다고 했어요.

제이슨이 안절부절못한다. 에반은 그런 모습을 하나하나 봐둔다.

---

1   프레츨은 과자처럼 작고 단단한 종류도 있고, 베이글처럼 크고 부드러운 종류도 있다.

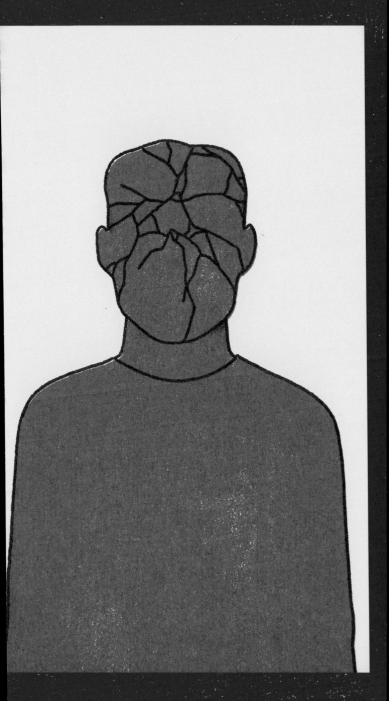

에반	자. 무슨 일이 있었는지 이제 얘기할 텐가?
제이슨	뭘요?
에반	너 여기 있는 거 싫지. 나도 싫어.
제이슨	그러거나 말거나.
에반	그딴 식으로 대답하지 마. 분명히 말하는데, 난 네 친구가 아냐.
제이슨	뭐래.
에반	한 번만 더 까불어봐! 내가 지금 너하고 장난하는 거 같나! 널 두들겨패서 내일 깨어나게 해줄 수도 있어, 알아? 하지만, 너로선 운이 좋은 게, 난 그렇게 안 해도 돼. 왜 그런지 아나? 왜냐면 나한테는 이 펜이 있거든. 이 펜이 하는 일이 뭔지 아나?
제이슨	예—
에반	이 펜은 글을 쓰는 일을 하지. 네가 나한테 계속 그렇게 되는대로 툴툴거리기만 하면 이 펜이 뭐라고 쓰게 될까? 아마 네가 적대적이고, 반항적이며, 규정을 준수할 의지가 별로 없다고 쓰게 될 거야. 이 말들이 무슨 뜻인지 아나, 제이슨?
제이슨	예.
에반	(음성이 서서히 높아진다) 이 펜은 네가 공권력에 복종하기 싫어하고, 다루기가 아주 어렵다고 쓰게 될 거야. 이 펜은 당신을 아주아주 난처하

16

게 만들어줄 수 있어요, 젊은이. 그리고 그렇게
고분고분하지 않은 젊은이들한테 어떤 일이 벌
어지는지는 알고 있지? …어?…어?

제이슨　　지금 나한테 물어보는 거예요?

에반　　그럼 나한테 물어보는 거 같나? 물론 너한테 물
어보는 거다, 이 멍청아! 다시 한번 물어봐 줄
까?

제이슨　　아뇨. 다시 물어볼 필요 없어요.

에반　　아주 좋아. 이제야 말이 문장이 돼서 나오는군.
이제 진도가 좀 나가네. 자, 무슨 짓을 했다고?

제이슨　　아니… 전 아무 짓도 안 했어요.

에반　　당신은 아무 짓도 안 했다, 그런데 누군가는 했
단 말이지… 어떤 짓을.

제이슨　　어―

에반　　그러니까, 당신 혼자서 네 눈탱이를 밤탱이로 만
들고 입술을 터뜨렸다고?

사이

에반　　무슨 일이 있었던 거야?

제이슨　　그냥 한 방 맞았어요.

에반　　왜 그렇게 됐냐면―?

제이슨　　저야 모르죠.

에반	어떤 놈이 와서 널 한 방 멕였다. 그런데 너, 당신은 아무 짓도 안 했고?
제이슨	아뇨. 그런 건 아니고요. 로코스 바 화장실에 있었는데요.
에반	로코스?
제이슨	예, 로코스.
에반	거길 갔다고? 로코스?
제이슨	전 로코스에 가면 안 되나요?
에반	그 집에 대해선 이미 얘기했는데. 계속해봐.
제이슨	덩치가 이따만 한 폭주족인데요, 전 모르는 놈이에요, 어, 제 뒤로 따라오더라고요. 그러더니 어, 내가 자기 여자를 쳐다봤다는 거예요. 그래서 내가 어, 어이, 난 씨발 니 여자가 누군지도 몰라, 그랬죠. 그랬더니 이게, 이따만 한 반지를 양쪽 손에 끼고 있었는데, 오토바이를 탄 중세기 사처럼,
에반	흠.
제이슨	어 그래서… 그러더니 절 세게 친 거예요. 완전 세게 쳐서 정말 별이 보이더라니까요. 빵! 얼굴 전체에 감각이 없더라고요. 스파키가 와서 간신히 그놈을 떼내줬어요.
에반	단지 걔 여자를 쳐다봤기 때문에.
제이슨	안 봤다니까요, 그러니까 골때린 거죠 이게.

에반	그런데 내가 이 컵에 당신 소변을 받으면[2], 그 소변은 또 어떤 얘기를 들려줄까?
제이슨	제 말을 꼭 믿어달란 얘긴 안 해요, 하지만, 이건 // 진짜예요.
에반	알았어. 컵 여기 있어.
제이슨	왜요?
에반	왜는 무슨 왜?
제이슨	아 쫌요.
에반	컵. 집어들어.
제이슨	이제 막 취직했어요. 저한테 뭘 원하세요?
에반	나야 당신한테서 원하는 게 아무것도 없지, 하지만 주 정부는 원하는 게 있고, 당신이 그 요구를 따르도록 만드는 게, 불행히도 내 직업이거든.
제이슨	꼭 이렇게 해야 되겠어요?
에반	집어들어.
제이슨	넌 씨발 개새끼야. 좆까, 이 깜둥이 새끼야!

잠시. 에반은 미동도 하지 않은 채 제이슨을 오래, 집중해서 노려본다.

| 제이슨 | (약간 힘이 빠지면서) 좆까! |

---

2   소변은 마약복용 검사를 하는 일차적 방법이다.

에반	집어들어!
제이슨	취직했다니까요. 아, 정말, 씨발 쫌 봐줘요.
에반	그거… 집어… 들어!

제이슨이 컵을 집어드는 모습을 과장되게 보여준다.

| 에반 | 자. 하고 싶은 얘기 없나? |

사이

제이슨	잘 모르겠어요.
에반	나도 잘 모르겠는데.
제이슨	저기요—
에반	뭐?
제이슨	모르겠어요.
에반	자, 그 얘긴 벌써 했고. 도대체 무슨 짓을 하고 다니는 거야, 제이슨?
제이슨	아, 그렇게 쪼지 마세요. 할 만한 일을 하고 다니는 거예요.
에반	그래? 다시 안에 들어가고 싶은 건가?
제이슨	…!
에반	그 문신 없애는 게 좋을 텐데. 지난번에 우리 얘기했잖아. 그것 때문에 문제가 많이 생길 거야.

안에서야 세보이는 데 도움이 됐겠지만, 여기 밖에서는… 그게 말야, 나만 해도 그걸 볼 때마다 한 대 줘패고 싶어지거든. 그게 내 솔직한 심정이야. 그런데 네가 운이 좋지, 난 지금 널 도와줘야 하는 입장이니까.

제이슨이 안절부절못한다.

에반　　무슨 일이야 제이슨? 널 찾아다니는 건 내 업무 밖이야. 꼭 하지 않았어도 되는 일이라고.

사이. 제이슨이 눈을 굴린다.

제이슨　　가도 돼요?
에반　　말 안 해도 돼. 내 문제 아냐. 이 보고서는 그냥 백지로 비워두지. 그럴까? 백지. 그렇게 할래?
제이슨　　…
에반　　무슨 문제 있나?
제이슨　　아뇨.
에반　　물 듯 말 듯. 난 낚시라면 하루종일이라도 할 수 있어. 그게 내 직업이거든.

제이슨이 머릿속에서 이야기를 쭉 풀어보고 있다. 말할까 말

제이슨	저—
에반	그래—
제이슨	크리스하고 마주쳤어요.

제이슨은 올라오는 감정을 주체하지 못한다.

에반	괜찮나? 괜찮냐고? 이런 일이 있을 줄 알고 있었잖아. 안 그래?
제이슨	예.
에반	걔도 나왔지. 걔도 어딜 가겠어. 그래서 어떻게 할래?
제이슨	모르겠어요. 모르겠어요. 안에 있는 동안 내내, 그 일, 크리스, 그 모든 일들을 머릿속에서 밀어내 놓고 살았어요. 그런데 걔가 거기 있는 거예요…. 모르겠어요. 그게 다예요.

에반이 뒤로 돌아선다. 이제 그는 크리스(흑인. 스물아홉 살)와 마주하고 있다. 크리스는 옷을 단정하게 차려입고 있지만 역시 안절부절못하면서 매우 초조해하고 있다.

에반	괜찮아? 불안한 거 같군.

크리스	솔직히 말해서, 힘들었어요. 잠도 잘 못 자고. 아직도 낯선 게 많아서 익숙해지려고 노력하는 중이에요.
에반	음, 오래 멀리 떠나 있었으니까. 강물은 계속 흐르고 있는데 말이지.
크리스	(초조해하며) 그런 거겠죠. 사람들. 휴. 사람들 대하는 게 힘들어요. 전엔 그게… 어… 전엔 쉬웠어요, 근데 이젠 어떤 대화를 하려고 해도, 로타리에서 빙빙 도는 것처럼 그냥 겉돌기만 해요. 누굴 만나도 사실은 할 말이 없고, 다른 사람들도 저한테 아무 할 말이 없어요.
에반	어디 머물 덴 찾았고… 크리스?
크리스	예. 더켓 목사님이 목사관에 머물게 해줬어요. 이것저것 잡일 좀 도와드리고 있어요. 지금 당장은 괜찮아요. 별일 없어요. 자리잡을 궁리를 하고 있는 중이에요.
에반	당분간은 계속 그럴 거야.
크리스	예. 금세 알겠더군요.
에반	직장은?
크리스	찾고 있어요.
에반	내가 연락처 준 데들은 알아봤나?
크리스	예, 찾아가서 필요한 서류들 다 작성했는데, 제대로 된 자리는 없는 거 같아요. 말도 안 되는 것들

밖에 없어요…. 시간당 칠팔 달러짜리 같은 것들.

에반   그래도 일단 시작은 해야지.

크리스   그렇겠죠. 근데 노상 그 문제에 부닥쳐요. 꼭 교
도소 담장 위의 철조망 같아서 타고 넘어갈 수도
없고, 돌아서 빠져나갈 수도 없어요.

에반   그렇지, 그렇지. 아무튼, 정신을 차리고 있으려
면 뭔가를 해야 할 텐데?

크리스   기도 모임에 나가고 있어요. 하루씩 하루씩 버텨
보자는 생각이에요. 더킷 목사님이 많이 도와주
세요.

에반   좋아. 좋아. 교도소에서 이수한 프로그램은? 몇
학점이나 남았지?

크리스   8학점이요. 근데 우선… 주머니에 돈이 좀 있어
야죠. 뭐가 제대로 굴러가려면. 그러고 나면, 휴,
학사과정 마치는 걸 생각이라도 해볼 수 있을 거
같고.

에반   그거 정말 좋은 생각이네.

크리스   그게 원래 계획이었어요. 이렇게 엉망진창이 돼
버리기 전까지만 해도.

에반   오늘 좀 예민해 보이네.

크리스   예, 뭐, 어떤 날은 좀 그래요. 나 자신에 대해 엄
청 화가 나요.

사이. 크리스가 갑자기 생각에 잠긴다.

에반   괜찮은가? 바람이라도 잠깐 쐬고 들어올래?

크리스   아뇨. 저… 제이슨을 우연히 만났어요. 생각도
              못하고 있다가.

에반   어땠나?

크리스   이상했어요… 이상했어요. 달라 보였어요.

에반   그래?

크리스   얼굴에 문신을 했더군요. 겁나 커다랗게. 괴물
              같았어요. 안에 있을 때 그런 놈들을 노상 상대
              해야 했거든요. 그거 있잖아요, 아리안 형제단.
              그런데 제이슨이… 그래서 깜짝 놀랐어요. 나이
              도 들고, 남자같아 보였어요. 걔네 아버지처럼.
              돌아가시기 전의. 좀 당황스러웠어요.

에반   그랬겠지.

크리스   (감정이 끓어오른다) 모르겠어요. 딱 몇 분 동안
              이었는데, 그러고는 인생이 뒤집어졌죠. 예, 그
              렇게 끝났어요. 인생이. 매일 생각해요. 만약에
              그때 그렇게 하지 않았다면… 그랬다면… 비디
              오 테이프처럼 그 장면을 돌리고 또 돌리고. 만
              약에. 만약에. 만약에. 밤새. 머릿속으로. 그걸
              꺼버릴 수가 없어요. 더킷 목사님은 이렇게 말씀
              하세요. "하나님께 기대서 용서를 구해라. 하나

님께 기대서 이 끔찍한 폭풍우를 헤쳐나갈 길을
찾아라." 전 바람에 기대고 있어요. 불어오는 바
람에 맞서서. 아니면 씨발 날려가버릴 테니까…
그리고.

사이

크리스   그리고 제이슨이 있죠. 그냥 바람을 쐬면서 걷고
        있었어요. 아무 생각도 하지 않으면서 운동화 가
        게 쇼윈도를 들여다보면서 길을 걷고 있었어요.
        제이슨이 절 봤어요. 저도 제이슨을 봤어요. 우
        리 둘 중 누구도, 어… 둘 다 잠깐 멈춰 섰어요.
        우리 둘 다… 그게… 이런 순간에 어떻게 할지
        항상 생각하고 있었거든요. 어떻게 반응해야 할
        까, 무슨 말을 해야 할까. 그랬는데… 씨팔. 우린
        용서받을 수 없는 짓을 저질렀어요….

에반   그래서, 어떻게—

크리스   그다음에 기억나는 건 제가 제이슨을 향해서 빠
        르게 걸어갔다는 거예요, 어떻게 할지도 모르는
        상태로요. 하지만 가슴 속에 이미 감정이 꽉 차
        있었어요. 주먹으로 거길 꽉 눌렀어요. 꽉. 그러
        고는 계속 걸었어요. 제이슨이 물러서거나, 아무
        튼 어떻게라도 하길 기대하고 있었던 거 같아요.

그리고… 얼굴과 얼굴을 마주하게 됐어요. 딱 그
렇게. 걔가 숨을 내쉴 때 냄새를 맡을 수 있었어
요. 그 정도로 가까이 마주섰어요. 걔 눈에 씨발
핏발이 선 게 다 보였어요. 주먹을 꽉 쥐었어요.
손톱이 손바닥을 파고들 정도로 꽉 쥐었는데, 그
때 그냥 그렇게 됐어요… 이상하게… 우리가 그
냥 껴안은 거예요. 껴안았어요. 왜 그랬는지 모
르겠어요. 그리고 팔 년 만에 처음으로, 집에 갈
수 있을 거 같았어요.

눈물이 그렁그렁 맺히지만, 떨어지지는 않는다.
산타나의 "스무스Smooth"가 크게 터져나온다. 과거가 2008년
을 찢고 나온다.

8년 전. 바깥 기온 영하 8도. 뉴스에선: 미국의 싱크탱크들은 주식시장의 활황이 미국 내의 가난한 가정과 부유한 가정 간의 수입의 격차를 더 크게 벌리고 있다고 지적한다. 레딩에서는 핏불을 비롯한 공격적인 견종들의 소유를 제한하는 조례를 통과시킨다.

산타나의 "스무스Smooth"가 주크박스에서 크게 나오고 있다. 조명이 들어온다. 바(술집). 오래 됐고 쾌적한 분위기. 떠들썩한 축하파티가 끝나갈 무렵. 음악소리가 요란하다.

신시아(흑인, 마흔다섯 살)와 트레이시(백인, 마흔다섯 살)는 취해서 춤을 추고 있다. 바텐더인 스탠(백인, 오십대 초반)은 바 뒤에 서서 미소를 띤 채 이 모습을 지켜보고 있다. 제시(이탈리아계 미국인, 사십대)는 완전히 취해서 테이블에 얼굴을 박고 있다.

트레이시와 신시아는 많은 일들을 함께 겪어온 가까운 친구들만이 보여주는 친밀함으로 함께 춤춘다.

신시아   스탠, 이리 와요.

스탠   아냐, 안 춰!

신시아   못 믿겠어!

트레이시 쌔나이 스탠! 날 실망시키면 안 되지! 춤 잘 추
      는 거 내가 알아!

스탠   아냐!

트레이시가 섹시하고 유혹적인 춤을 춘다.

스탠   뭐 깨뜨리지 마.

음악이 끝난다.

신시아 / 트레이시   에이….

신시아가 주크박스 쪽으로 걸어간다. 트레이시는 제시 옆에
털썩 앉아 제시의 술을 마신다.

스탠   제시는 누가 태워다줄 거야?

트레이시 전에 하워드는 이 안에 놔둔 채로 문 잠그고 가
      버리던데. 근데 그렇게 놔두면 또 어떻게어떻게
      해서 제 시간에 출근은 해요. 안 그래, 신시아?

신시아   샤워하고 옷까지 갈아입고.

트레이시	우리 모두 일곱 시까지 출근해야 되는데 쟤 혼자 하루도 빼놓지 않고 두 시까지 마신다니까.
스탠	아무튼 누군가 데리고 가줘.
트레이시	난 안 돼. 목요일날 차 안 다 청소했어.
스탠	신시아, 제시 태워다줄 수 있어?
신시아	천만의 말씀. 제시가 오늘 운전 담당이었는 걸.

트레이시가 웃으며 제시를 쿡쿡 찌른다.

트레이시 제시!

제시가 벌떡 일어난다.

제시 뭐?!

다시 테이블로 엎어진다. 웃음.

스탠 어쨌든, 여긴 안 돼.

오래 전에 당한 부상으로 인해 눈에 띄게 다리를 저는 스탠은 제시에게 다가가서 주머니를 뒤져 열쇠를 꺼낸다. 스탠은 그 열쇠를 선반에 놓인 열쇠통에 던져넣는다.

신시아   오늘 열쇠 몇 개나 모았어요?

스탠   아직 통에 안 찼어. 아직 이른 시간이니까.

스탠이 버번 병을 바에 올려놓는다.

스탠   한 잔 더?

트레이시에게 한 잔 부어준다.

트레이시   정말 애쓴다.

스탠   (유혹적으로) 난 항상 열려 있지.

트레이시   그래? 정말?

스탠은 트레이시를 향해 노골적인 유혹의 미소를 지으면서
그녀의 팔을 두들긴다.

트레이시   알았어. 그렇게 하면 뭐 좋아? 왜냐면 나한테는
아무 느낌이 없거든. 지금 나 뭐 느껴야 되는 거
야?

스탠   나는 지금 뭐가 막 읽히는데.

트레이시   꺼져! 그건 그때 딱 한 번이고, 절대 두 번 다시
없을 거야.

스탠은 포기하지 않고 계속 추파를 보낸다.

스탠 두 번이었는데.

트레이시 실제론 한 번이었어.

스탠 오, 정말?

트레이시 정말이지!

트레이시가 웃는다. 트레이시의 웃음은 그녀에겐 피신처 역할을 한다. 오스카(콜롬비아 출신의 버스보이[3], 스물두 살)가 유리잔을 가득 채워넣은 통을 들고 들어온다. 바를 닦는다. 오스카가 자기가 해야 할 일들을 하는 동안 스탠을 제외한 누구도 그를 의식하지 않는다.

| **스탠** | 고마워, 오스카 | **신시아** | 자, 사랑해, 하지만 난 공식적으로 완전히 꼭지가 돌았고, 그건 이제 집에 가야 된단 뜻이야. |

트레이시 안 돼….

---

3 웨이터가 주문을 받고 음식을 나르는 일을 한다면, 버스보이는 다 먹은 접시들을 치우고 테이블을 정리하는 따위의 뒷정리를 주로 한다.

신시아	새벽 근무조야.
트레이시	프랭크는 엿 좀 먹여도 돼. 너 오버타임 벌써 많이 하지 않았어?
신시아	자기야, 나는 올 여름에 무슨 일이 있어도 크루즈선 타고 파나마 해협을 통과할 거라니까.
트레이시	한 잔만 더. 딱 한 잔. 오늘 내 생일이잖아. 어서, 어서. 스탠, 이 년한테 한 잔만 더 따라줘!
신시아	알았어. 하지만, 절삭기에서 내 손가락이 날아가면 그건 다 네 잘못이야. 기억해둬요. 그건 애 잘못이야!
스탠	그건 애 잘못이야!

트레이시가 신시아를 안아준다. 스탠은 킬킬거리며 신시아에게 한 잔 더 부어준다.

신시아	같이 건배할 거야?
트레이시	한 잔만…
스탠	자. 두 미녀를 위해. 이건 진담.
트레이시	무슨 약 안 타나 잘 봐. 내가 지난 번에 그래서 엮였잖아.
스탠	(유혹적으로) 왜 이러셔, 엮이다니? 대단한 밤이었어! 축하객들도 많이 오고.
트레이시	재미있었지, 하? 이 나이까지 살리라고는 생각

　　　　　　도 못했어.

스탠　　　나야말로. 아까 왔던 친구들 중 몇 명은 정말 오
　　　　　　랜만에 봤어. 브루시가 오지 않을까 살짝 기대하
　　　　　　고 있었는데.

사이. 트레이시가 신시아를 본다.

신시아　　뭐, 그렇게 긴장할 필요 없어. 내가 내쫓았어요.

스탠　　　저런. 무슨 일 있었어?

신시아　　내가 다시 받아줬잖아요.

트레이시　// 그럴 줄은 알고 있었지.

신시아　　브루시가 어떤지 알잖아요. 마음만 먹으면 벨벳
　　　　　　처럼 매끄러워질 수 있는 사람인 거. 동전 하나
　　　　　　던졌다가 떨어질 시간 동안이면 사람 마음을 뒤
　　　　　　집을 수 있지. 멀쩡하게 잘 지냈는데, 그러다가
　　　　　　크리스마스 날, 샤블리스를 한 병 나눠 마셨어
　　　　　　요. 그날따라 말쑥하게 차려 입었더라고. 나는
　　　　　　위험하게 입었고. 우린 오랜만에 여유를 가지고
　　　　　　많이 웃고, 즐겁게 지냈어요. 그러고는… 대화를
　　　　　　나눴어요. 대화를, 나누는 거야. 다 좋았어. 와인
　　　　　　을 마시고, 와인을 좀 더 마시고, 그리고 나서는
　　　　　　와인을 너무 많이 마시고 난 다음에 하는 짓을
　　　　　　한 거죠. 그러고는 한밤중에—

트레이시 여기부터 잘 들어야 돼.

신시아 아래층에 내려가봤어. 트리 아래에 있던 내 크리스마스 선물이 사라졌고—

스탠 // 설마.

신시아 그리고 새로 비싼 열대어를 사다 넣은 어항, 그것도 사라졌고.

스탠 그게 설마—

신시아 한 주 뒤, 새해 전날 밤에 자다가 깼어요. 이 등신이 냉장고를 뒤지고 있더라고. 채워넣은 적도 없는 주제에. 공중에 뜬 연처럼 졸라 하이됐더라고. 암말도 안 하데. 사과도 안 하고. 아무 반응이 없어. 정말 제정신을 잃을 정도로 화가 났는데, 내가 그때 총을 들고 있지 않았던 걸 보면 브루시가 운이 좋긴 좋은 인간이야. 그랬다면 그 인간 지금쯤 지옥에서 악마를 상대로 사기를 쳐보려고 하고 있을 걸.

스탠 브루시답지 않은데.

신시아 전혀 안 답죠, 그게 어떻게 된 거냐면, 일단 약에 손을 대기 시작하니까 완전히 다른 사람이 되더라고요. 지금 회사 밖에서 그러고 있는 게 힘든 거, 이해해. 알어, 알어, 알어. 공장 라인 폐쇄되고 쫓겨난 다음에 힘든 시간 보낸 거. 이해한다고. 하지만 난 이제 못 참아.

트레이시	그보다 더 중요한 건, 네가 참을 이유가 // 없다는 거야.
스탠	그래서, 어떻게—?
신시아	그래서 그 웃기는 인간한테, 이제 떠나실 때가 된 거 같다고 말해줬죠. 바이바이. 그러고 나서는 우당탕탕. 경찰이 오고, 버티고, 내 집인데도 소란을 피웠다고 손목에 수갑차고 사진도 찍히고 지문도 채취당하고.
스탠	말도 안 돼.
신시아	맞아요….
트레이시	말이 안 되지, 안 그래? 내가 경찰서까지 가서 보석으로 빼내왔다니까. 새해 전날 밤에. 하이힐 신고 반짝이 드레스 입고 가서.
스탠	으아. 브루시는?
신시아	내가 알 게 뭐예요.
스탠	거참. 어쩌다 그렇게. 둘이 참 잘 어울렸는데.
신시아	글쎄, 그랬죠, 이젠 끝났지만.
스탠	오 참, 체포 얘기 들으니까 생각나는데, 오늘 아침 신문에 프레디 이야기 실린 거 읽었어?
신시아	아니. 프레디가 왜 신문에 나요?

스탠	아니, 못 들었단 말야?
트레이시	아니. 무슨 일인데?
스탠	자기 집에 불을 질렀다는 거야.
신시아	예?
트레이시	다친 사람은 없고?
스탠	사람은 괜찮은데 개가.
신시아	페퍼? 아—
스탠	응. 말도 안 되지, 하?
신시아	세상에.
트레이시	매기는?
스탠	모르고 있었구나, 매기는 떠났어…. 지지난 주에.
신시아	예?　　**트레이시**　왜?
스탠	그렇게 됐어.

제시가 잠깐 일어선다

제시	이야!　　**스탠**　떠났어.
신시아	그거 참.
트레이시	우리의 프레디? 프레디 브루너?
스탠	프레디—
신시아	이해가 안 되네. 그렇다고 왜 자기 집에 불을 질러?

스탠	// 모르지.	**트레이시**	미쳤어.
	대형화재였어.		끔찍해.
	싸그리 탔어. // 하나		
	도 안 남기고.		

스탠   토요일에 여기 왔었는데, 죽상을 하고 있더라고.
        매기가 떠나고 얼마 안 됐을 때였지―

트레이시 그 년은 어딜 갔을까?

스탠   프레디도 그 말 하더라고. 모르지. 기사에 보니
        까 프레디가 자기 머리를 쏘려고 했대. 믿어져?
        그런데 너무 취해서 오른쪽 귀를 쏘고 말았다나
        봐.

신시아	거짓말.	**트레이시**	오우.

스탠   옆집 잔디밭에 누워 있는 걸 발견했대. 피를 흘
        리면서―

신시아   황당하네. 할 말이 없다. // 황당해!

트레이시 프레디 브루너가?

스탠   알고 보니까 빚이 엄청났다더군.

트레이시 끔찍해―

스탠   그리고 클레어런스도―

신시아   클레어런스 존스?

스탠   공장에서 클레어런스가 일하던 라인을 폐쇄할
        거라는 소문을 들었다나봐. 그 스트레스를 못 견
        딘 거지.

신시아	그 루머는 벌써 몇 달째 돌아다니던 거예요. 아무 일도 없을 거야.
스탠	당신은 계속 그렇게 얘기하는데, 클레몬스 기공에서 벌어진 일을 봤잖아. 그렇게 될 줄은 아무도 몰랐잖아. 안 그래? 어느날 아침에 일어났는데 내 일자리가 멕시코나 어디로 가 버린 거야. 나프타(NAFTA)인지 개수작인지가 그런 거야—
트레이시	이 빌어먹을 나프타라는 게 대체 뭐야? 발음상으론 꼭 변비약 같아. 나프타.

트레이시 웃는다.

스탠	신문 안 봐?
트레이시	신문 봐?
스탠	난 보지.
트레이시	난 신문 안 봐, 됐어? 난독증 있거든. 끝.
스탠	눈을 뜨고 살아야지. 지식을 거부하는 건 좋은 철학이 아니지.
트레이시	그런 개소리는 어디서 읽은 거야?
스탠	읽은 게 아니라 직감적으로 아는 거지.
신시아	됐고. 그거 루머예요. 경영진에서 // 우릴 긴장시키려고 퍼뜨리는 거야.
스탠	난 들은 대로 전했을 뿐이야. 어쨌거나, 그건 내

문제도 아니고 // 더 이상은.

트레이시 근데 자기 집에 불지르는 게 불법인가?

스탠 몰라. 아마 허가를 받아야 할 거야.

제시가 다시 일어선다.

제시 어디서 불이 났다고? **트레이시** 뭐?

스탠 허가.

트레이시 정말? 자기 소유의 집인데도?

스탠 허가도 안 받고 그렇게 큰 불을 놓을 수는 없지.

트레이시 그러니까, 허가를 받으면 합법적으로 집에 불을 지를 수 있다는 거야?

제시 그래.

신시아 그렇다면 나도 우리집에 불을 질러버려야겠네. 끊임없이 돈을 잡아먹는 고물.

트레이시 허가는 무슨 얼어죽을. 나 같으면 그런 거 해줄 사람을 고용하고 말겠다.

신시아 웃기고 있네, 네가 누굴 안다고?

트레이시 글쎄.

트레이시가 웃는다. 그러고는 오스카를 가리킨다.

트레이시 야. 넌 어떠니?

오스카	나요? 뭐요? 물 드릴까요?
트레이시	아니. 근데… 만약에 내가 누굴 시켜서 내 집에 불을 지르고 싶으면, 누구한테 가야 되지?
오스카	나야 모르죠. 그걸 내가 어떻게 알아요?
트레이시	무슨 소리야, 모르다니. 그러지 말고.
오스카	몰라요.
트레이시	너네 푸에르토리코 사람들 이 동네에서 노상 불 지르고 다니잖아. 알면서 왜 그래.
오스카	일단 난 콜롬비아 사람이고요, 그리고 난 몰라요.
트레이시	모르긴 무슨.
신시아	이 여자 무시해. 멍청한 여자야.
트레이시	쟤 씨발 안다니까, 그냥 말을 안 하는 거야.
신시아	좀 냅둬!
트레이시	쟤 씨발 안다고.
스탠	정신차려! 냅둬!
오스카	쳇.
트레이시	쳇.

오스카는 트레이시를 한번 노려보고는 바로 돌아간다. 스탠이 트레이시에게 다른 화제를 꺼내서 긴장을 누그러뜨리려한다.

스탠	참, 이거 몰랐지, 프레디가 우리 아버지랑 같은

	라인에서 일했어. 프레디가 내 교육 담당이었지.
신시아	정말요?
스탠	그리고 내가 다쳤을 때 절삭기 전원을 내린 것도 프레디였어.
트레이시	그건 몰랐는데.
스탠	맞아. 프레디가 아니었으면 난 아마 다리를 통째로 잃어버렸을 거야.

제시가 갑자기 정신을 차린다.

제시	헤이, 스탠, 그만 떠들고 나 김렛 하나 더 만들어줘.
스탠	농담하시나. 절대 안 돼.
제시	뭐? 아저씨가 오늘밤 바텐더 아냐?
스탠	너한텐 더 이상 못 줘.
제시	왜 그래! 한 잔 더 줘! 쟤한텐 주면서 왜 나한테는 못 준다는 거야?
스탠	왜냐면 내 맘이니까. 당신은 충분히 마셨어.
제시	아저씨 좆도 문제 많아.
스탠	아니. 문제는 네가 좆나게 많아.
제시	아저씨 왜 나한테 말 함부로 해. 내 남편이 알면—
스탠	전남편 말이겠지.

제시	내가 전화 딱 한 통 하면 그 사람이 와서 아저씨 얼굴을 싹 뭉개버릴 거야.
스탠	그래. 해봐. 자, 내 전화 써. 전화해서 네 전남편의 젊고 예쁜 새 마누라를 깨워봐. 그 여자 이름이 뭐라 그랬지, 티파니?
신시아	지금 그런 말은 // 왜 해.
제시	넌 개자식이야!
스탠	저 여자 집에 좀 데려가.
트레이시	쫌. // 이제 그만해.
제시	좆만한 절름발이.
신시아	쟤 너무 취해 스탠 아주 교양이 넘쳐서 그래요. 시는군.
스탠	바로 그래서 이제 저 여자가 집에 갈 시간이 됐다는 거야. 잘 가.
제시	널 한 대 차줄 거야. 이 쩔뚝이야!

제시가 일어나려고 애쓴다. 걸음을 옮기려고 하지만, 너무 취해서 걷지도 못한다.

신시아	제시. // 제발 쫌.
제시	절름발이! 이 좆 같은 사악한 인간!
스탠	됐어. 그만해…. 신시아 진정해
신시아	자. 우리 축하하고 있었잖아….

| 제시 | 씹새끼. 씹새끼!! | 스탠 | 참… 훌륭해… |
| | | | 훌륭해…. |

신시아   충분히 했어. 됐어. 이제 그만 좀 닥치고 있어.

제시   (잡아채며) 나한테 말하지 마!

신시아   나한테는 시비 걸지 마, 자기야.

신시아가 "나 심각해" 표정을 지어보인다. 트레이시가 웃음
을 터뜨린다.

제시   씨발.

신시아   괜찮아? 도와줘?

제시가 어렵게 화장실로 향한다. 품위를 잃지 않으려 애쓰지
만, 쉽지 않아 보인다. 마침내.

스탠   오스카, 가서 좀 잡아줘.

오스카   예.

제시가 오스카에게 기댄다.

오스카   나한테 기대세요. 제가 잡았어요.

제시   우리 연애하는 거야?

오스카   아뇨!

신시아   물도 한 잔 갖다주고.

트레이시   한 통이겠지.

오스카는 제시를 화장실로 이끌고 간다.

오스카   몇 걸음만 더요. 오케이. 천천히.

스탠   참내. 가관이다, 가관이야.

신시아   (트레이시에게) 재한테 얘기할 거라 그랬잖아!
맨날 보드카 냄새 풍기면서 출근하는 거 어떡할
거야.

트레이시   그러게. 댄이 재혼한 뒤로 완전히 맛이 갔어.

신시아   // 얘기 좀 해!

트레이시   내 남편 죽었다고 내가 술통에 빠진 거 본 적 있
어? 쟤 안 됐긴 한데, 지 남편 얘기 하고 또 하는
건 도저히 더 이상 못 들어주겠어. 쟤 남편이 나
쁜 새끼인 건 맞지만, 오늘은 내 생일이잖아. 쟨 이
두 가지가 동시에 감당이 안 되는 애야.

신시아   알어. 하지만 정말, 재한테 얘기 좀 해. 저러다가
누구 다치겠어.

트레이시   너 쟤 보고할 거야?

신시아   자기야. 그 사람들 늘 우리 쫓아낼 구실만 찾고
있어. 특히 요즘, 망할 놈의 구조조정인지 뭔지—

스탠   그러면 소문이 사실인 거네, 하? 버즈는 승진하

46

는 거야?

신시아   응.

트레이시   다른 주에 있는 어떤 공장으로 간다데.

스탠   그 자리에는 누가 오고?

트레이시   현장 라인에서 뽑아 올릴 거라고 하더라고.

스탠   말도 안 돼. 정말? 신청할 거야?

트레이시   나? 미쳤다고?

스탠은 신시아를 쳐다본다.

스탠   왜 이렇게 말이 없어, 신시아.

신시아   혹시 알아? 난 해볼 거야.

트레이시   뭐?! 말도 안 돼.

신시아   왜 안 돼? 현장 경력이 이십사 년이야.

트레이시   난 너보다 이 년 더 했어. 74년에 고등학교 졸업하고 바로 들어왔으니까. 첫 직장이자 유일한 직장이지. 관리직은 개들이나 하라 그래. 우린 아냐.

신시아   돈 더 주고. 물론 스트레스도 더 주지만. 휴가도더 길고. 일은 적고. 이 정도면 알 거 다 아는 거아냐?

트레이시   스탠, 다치기 전에 몇 년이나 일했지?

스탠   이십팔 년.

트레이시	그 이십팔 년 동안 현장에서 올라간 사람 하나라도 본 적 있어?
스탠	…음, 없지… 잠깐, 잠깐… 그리프 파커가 있었지.
트레이시	그랬지. 하지만 그 사람은 나갔다가 대학 마치고 다시 들어왔잖아. 현장 라인에서 바로 뽑아 올린 게 아니라고. 그건 경우가 다르지.
신시아	체, 나이 쉰이 돼서도 라인에 열 시간씩 서서 일하고 싶어? 젖통이 기계에 닿을 정도로 처져 가지고? 난 엄지발가락 옆에 박힌 옹이가 사과만 해졌어. // 내 허리는 또—
트레이시	어쩌고저쩌고… 아예 책을 써라.
신시아	넌 어떤지 모르겠지만, 난 몸이 매일 조금씩 맛이 가는 게 느껴져. 집에 갈 때쯤 되면 손이 다 굳어서 후라이팬도 제대로 못 들어올려. 양손을 마주잡고 한 시간은 주물러줘야 간신히 움직일 수 있다고.
트레이시	그렇다고 해도, 버즈가 하던 일을 하시겠다고? 진짜로?
신시아	나도 기계 알아. 사람들도 알고.
트레이시	잠깐, 잠깐. 정말로 지원서 넣을 거야? 말도 안 되는 소리 하지 마.
신시아	걔들이 기껏해야 안 된다고박에 더 하겠어? 안

그래요 스탠?

스탠　맞는 말씀.

사이

트레이시　흠… 그렇다면, 나도 한번 넣어봐야겠네. 그치? 나도 휴가 가고 싶어. 나도 네가 겪는 문제 똑같이 겪고 있고. 하지만, 아무튼 우리 여자들 중에선 안 뽑을 거야, 안 그래?

신시아　올스테드의 손자가 이어받은 다음엔 그래도 훨씬 좋아졌으니까—

스탠　웃기고 있네. 그 공장은 내가 들어간 69년 이후로 변한 거 하나도 없어. 전구다마, 볼트와 너트 하나 바뀐 게 없다고. 사실은 내 할아버지가 22년에 입사한 뒤로 하나도 변하지 않았어. 잘해봐, 자기. 내가 그 손자 개인적으로 잘 모르지만, 같은 종류의 개자식 중에 하나일 뿐이야. 현장 라인의 근로조건을 개선하는 거보다는 제 주머니 채우는 일이 더 중요하지.

신시아　// 말이 심하네요.

스탠　자, 그 영감은 그래도 매일 하루도 빼놓지 않고 현장 라인에 내려와보곤 했어. 난 그 영감을 좋아하진 않았지만, 그래도 그 사실 때문에 존경하긴 했어. 왜 그런지 알아?

트레이시 그 영감 성질도 고약한 데다 변태 아녔나—

스탠 왜냐면, 그 영감은 뭐가 어떻게 돌아가는지 꿰고 있었거든. 그리고 그건 현장 라인에 내려와봐야만 아는 거야. 기계 한 대가 고장나면 그 영감은 알았어. 작업 인력 하나한테 문제가 생겨도 알았어. 그 손자라는 놈 현장 라인에서 본 적 없지? 와튼에서 MBA를 한 몸인데 그럴 수 없지. 신발 더럽히고, 학위에 땀 튈까봐 안 가는 거야. 그 거지 같은 제품들 뽑아내는 데 들어가는 진짜 비용, 인간이라는 비용에 대해 알고 싶지 않은 거고.

신시아 아멘.

제시 (바깥에서. 소리만) 아, 제기랄.

바깥에서, 뭔가 부서지고 부딪치는 소리

스탠 누구 하나 가서 제시 좀 봐줘야 할 거 같은데.

트레이시 괜찮아. 쟤 멀쩡해.

신시아 쟤 입고 있는 거 봤어? 고등학교 졸업파티 때 입었던 드레스 같던데?

트레이시 정말 그걸지도 몰라.

제시가 이들 눈에 띄지 않게 들어온다. 제시의 드레스 뒷자

락이 속옷 안으로 들어가 있다.

신시아   난 쟬 좋아하지만, 쟤 때문에 우리한테도 문제가
          생길 거야

제시   누구?

신시아   신경 쓰지 마, 자기야.

제시   내 얘기한 거야?

신시아   그냥 얘기하고 있었던 거야.

제시   알았어.

사이

제시   아저씨, 나 김렛 한 잔 더—

스탠   노! 엔—오.

제시   넌 쫌팽이야.

스탠   상관없어.

제시   쫌팽이!

스탠   그만 좀 해.

트레이시   제시, 쫌.

신시아   정신 좀 차려. 프랭크가 지금 구실만 찾고 있는
          중이야—

트레이시   이 얘긴 좀 그만할 수 없을까, 그 얘기만 들으면
          진짜 내가 쪼그라드는 거 같애. 우리 이십 넌째

똑같은 얘길 하고 있잖아. 이제 그런 얘긴 그만
하고 좀 놀자.

음악. 웃음. 축하.

3
2000년 2월 10일

바깥 기온 7도. 뉴스에선: 억만장자 스티브 포브스는 6천6백
만 달러의 사재를 들인 뒤에 공화당 경선을 포기하기로 한
다. 레딩의 시내에 시민 컨벤션센터 공사가 시작된다.

조명이 들어온다. 바. 젊은 시절의 크리스와 제이슨이 바에
기대 서 있다. 오스카는, 이번에도, 조용하지만 항상 눈에 띄
는 자리에서 이 공간에 들어와 있는 사람들을 지켜보고, 대
화를 들으면서 자기 할 일을 한다.

제이슨   주인하고 얘기했어. 삼만칠천 킬로 정도 탔다 그
             러더라고. 죽이지 않냐? 그 노인네가 그걸 여태
             트로피처럼 차고에 모셔놓고 있었던 거야. 상태
             끝내줘. 깨끗해.

크리스   죽이네. 살 거야?

제이슨   생각 중.

크리스   오호.

제이슨이 자랑스럽게 사진을 보여준다.

제이슨 어떤 거 같애요?

스탠 좋네.

제이슨 그죠. 우리 아빠가 타던 거랑 똑같아요. 근데 상
태는 더 좋아요. 야, 이 옆에 로고 좀 봐라, 뿅 간
다….

스탠 할리? 니 엄마는 뭐라디?

제이슨 엄마가 돈 내는 것도 아닌데 할 말이 뭐가 있겠
어요. 지난 시월에 내가 스물한 살 되던 날, 엄마
가 아주 깨끗하게 정리했어요. 현관문 자물쇠를
바꾸고는 저한테는 열쇠도 안 주더라고요. 메시
지 좆나 분명하지 않아요?

크리스 으아.

스탠 트레이시답네.

제이슨 그 오토바이 처음 딱 보는데, 함 하고 싶다는 생
각밖에 안 들더라고요.

제이슨이 오토바이와 섹스를 하는 시늉을 한다.

크리스 꺼져 새꺄.

장면 전체를 통해 오스카는 탁자의 밑에 붙은 껌을 긁어서

떼어내고 있다. 전혀 즐거울 게 없는 일이지만, 오스카는 집중해서 열심히 하고 있다.

스탠	그래? 근데 뭘 기다려, 사버리지?
제이슨	보니까 (계산한다) 한 달 반 만 더 모으면 살 수 있겠더라고요. 노조에서 씨발 연금이니 뭐니 다 묶어놔서 쓸 돈이 하나도 없어요.
크리스	맞는 말이야. 거기다 새로 사귄 여자친구한테도 들어가지—
제이슨	모니크!
크리스	거기에 세금까지 내고 나면 주머니에 남는 게 없어. 암만 열심히 일을 해도 돈이 모이지 않는다는 걸 왜 아무도 나한테 얘기해주지 않은 거야. 사실이 그런데. 이런 거야 말로 애들한테 가르쳐야 되는 거잖아! 날 봐. 학비로 쓰려고 조금씩이라도 모으려고 하잖아, 그치? 근데 조금 모였다 싶으면 "나이키 플라잇포짓"이니 "에어조단 15" 같은 광고가 들린단 말야. 그러고 나서 올리브 가든에서 밥 한 끼 먹고 영화 한 편 보고 나면 이틀치 일한 게 그냥 사라지는 거야.
제이슨	야, 넌 농구팀 하나 합친 거보다 운동화 더 많이 가지고 있잖아.
크리스	그때그때 적절한 운동화가 없으면 가오가 안 서

는 법이다. 그게 내 인생철학이야. 사나이는 끊임없이 허기를 느끼는 분야가 하나는 있어야 되는 거야.

스탠   그건 일종의 규칙인가?

크리스   아뇨, 아뇨, 그보다는 의무라고 할 수 있죠.

제이슨   근데, 잠깐, 너 지금 학비라 그랬냐?

크리스   그래. 학비. 하-악-비!

제이슨   고맙다. 분명하게 확인해줘서.

크리스   나… 올브라이트 대학 교육대학에 붙었어.

제이슨   뭐? 다시 말해봐.

크리스   응. 구월에 시작해. 그래서 앞으로 더블로 뛸 생각이다. 학비를 좀 비축해놔야 되니까.

스탠   잘 생각했다!

제이슨   잠깐… 잠깐, 말도 안 돼. 야, 너 씨발 무슨 소리야? 왜 나한테 얘기 안 했어?

크리스   놀릴 게 뻔한데 뭣 하러.

제이슨   당연하지. 그래서 뭐 할라고? 앞으로 이십 년 동안 레딩고등학교에서 역사 가르치려고?

크리스   그럴 수도 있지.

제이슨   그래? 좆나게 지겨울 텐데.

크리스   넌 새끼야 주둥이 닥치고 맥주나 마셔. 내가 정확히 이럴까봐 너한테 얘기 안 한 거야.

제이슨   됐고. 넉넉 잡아 앞으로 사 년 후면 너 다시 올스테드에 와서 자리 좀 달라고 싹싹 빌게 될 거다. 그러고 너, 최근에 레딩고등학교에 가본 적 있냐? 꼭 감옥 같애. 서른 살짜리 신입생들도 있고. 그러고 월급은 얼마나 짠지 아냐, 너 집에 전등불만 켜고 살래도 어디 딴 데 가서 일 더해야될 거다.

스탠   일리 있는 말이야. 요즘 선생들이 얼마나 받는지 아니?

제이슨   얘기해주세요.

스탠   진짜, 올스테드에서 나가는 사람들이 많지 않은 건 나가봐야 더 잘 주는 데가 없어서 그런 거거든. 한 번 나가면 다시 들어가는 게 거의 불가능하고. 그 좆 같은 자리 하나마다 최소한 열 명은 줄 서 있을 거야.

제이슨   맞는 말씀.

스탠   항상 그래 왔어. 내가 알기로는 어떤 나이 많은 사람들은 시간당 사십 몇 불까지 받아.

제이슨   잘 들어.

스탠   그런데 선생은, 글쎄―

크리스   좋네요. 그 사람들한테야 좋은 일이죠. 근데, 전 엄마 아빠와는 좀 다른 일을 하면서 살고 싶어요. 야, 난 꿈이 있다고. 그래, 바로 그거야. 변명하지 않을 거야.

제이슨	꿈이 있다고? 뭐야, "흑인 역사의 달"이기라도 한 거야?
크리스	그래, 실제로 그렇다. 뭐, 문제 있어?
제이슨	정말 완전히 솔직하게 말하자면, 난 그 달달한 광고들을 좀 짜증나더라고. 내가 보기엔 흑인 역사의 달이 아니라 "백인들이 죄책감을 느끼게 만드는 달"로 불러야 할 거 같아. 안 그래요, 스탠 아저씨?
스탠	이런 거에 나 끌어들이지 마.
제이슨	그리고 백인 역사의 달은 왜 없는 거야?
크리스	쳇. 그 질문에 대해선 네가 좀 더 곰곰이 생각해 볼 기회를 줄게! 그러고 보니 너한테는 좀 어려운 문제겠다. 그렇네. 미안해.
제이슨	좋까. 아직 대학에 가지도 않은 주제에 벌써 밥맛없게 굴라 그래.
크리스	이 일이 나쁘다는 게 아니고, 어쨌든 난 파이프 박는 일이 정말 졸라 지겨워. 폼프. 폼프. 폼프. 기계들이 너무 시끄러워서 아무 생각도 할 수 없고. 아침마다 일어나서 일하러 나가는 게 점점 더 어려워져.
제이슨	너 맛이 갔구나.
스탠	무슨 말인지 알겠는데, 그게 요령이 뭐냐면, 리듬을 찾아서 그걸 타야 돼, 그렇게 하면 괜찮아.

크리스   글쎄, 근데 그 리듬이 제가 배우고 싶은 리듬이
        아니거든요.

제이슨   그래서, 우리 현장 일이 너한텐 별로라는 거야?!

크리스   꼽게 듣지 마. 내 말은 그게 아니잖아. 그런데…

제이슨   뭐?

크리스   요즘 돌아가는 꼬라지 넌 못 봤냐?

제이슨   무슨 소리 하는 거야?

크리스   몰라. 신경 꺼. 근데—

제이슨   지금 나 약 올리냐? 근데 뭐?

크리스   예를 들어, 기억나냐? 지난 주에 말이야, 높은
        사람들이 현장에 왔다갔잖아.

제이슨   그래, 그래서? 장비 업그레이드하려는 걸 수도
        있잖아.

크리스   글쎄, 지금은 그 사람들이 버튼을 쥐고 있으니까,
        붑, 우릴 싹 다 내보낼 수 있는 거잖아. 붑. 붑.

제이슨   야, 너 지금 신경과민이야.

크리스   휴, 넌 지금의 상황이 바뀌면 뭘 할지 생각해본
        적 있냐?

제이슨   …아니, 별로. 재수없는 소리 하지 마. 난 쉰 살
        되면 은퇴연금 두둑히 챙겨가지고 머틀비치쯤에
        콘도 하나 사고 던킨도너츠 가게나 열어서 널널
        하게 살 생각이구만. 좋지 않아요, 아저씨?

스탠   나쁘지 않지.

크리스	정말? 던킨도너츠, 그게 네 꿈이라고, 하? 던킨-씨발-도너츠?
제이슨	그래, 어때서?
크리스	매일 문 열고, 문 닫고, 그러다가 결국 도너츠 한 상자하고 당뇨병으로 남으려고? 이 친구야, 넌 비전이라는 걸 대체 어디 두고 사냐? 버스 타고 여기저기 여행이라도 좀 다녀봐.
제이슨	우리 자마이카 유람선 계획은 어쩌고? 그만 좀 징징대.

사이

제이슨	근데 정말로, 야, 너 왜 나한텐 한마디도 안 했냐?
크리스	왜냐면—
제이슨	씨발, 난 그냥 우리가 은퇴하고 나면 그런 프랜차이즈 가게 하나 같이 열 거로 생각하고 있었단 말야. 우린 한 팀이잖아, 근데 네가 빠져나가면 안 되지!!
크리스	안 되긴 왜 안 돼.
제이슨	나는 어쩌고?
크리스	널 어쩌긴?
제이슨	말을 해줬어야지.

크리스	난 이거 해야 돼.
제이슨	됐어 그래!
크리스	뭐가?
제이슨	됐어.
크리스	뭐가?!
제이슨	알았다고. 아저씨, 이 씹새끼 한 잔 뭐주세요. 아
	가리 닥치게.

바깥 기온 9도. 뉴스에선: 공화당 대통령 후보 경선에 앨런 케이스, 존 맥케인 그리고 조지 부시가 참여한다. 레딩에서는 야간에 화재가 발생해 엄마와 다섯 자녀가 홈리스가 된다. 구리 실내장식재 생산업체인 볼드윈 하드웨어는 리스포트에 총면적 2만6천 제곱미터에 달하는 매장을 열 예정이라는 사실을 공표한다.

조명이 들어온다. 바. 브루시(흑인. 사십대)가 바에 앉아 잔을 들고 있다. 티브이에서는 공화당 후보간 토론(케이스, 맥케인, 부시)이 방송되고 있다.

스탠   누가 제일 마음에 드나?

브루시   상관 있나요. 누가 되든 결국에 가선 우릴 깔아
            뭉갤 인간들인데.

스탠   저 부시라는 자는 어떤 거 같애?

브루시   글쎄요, 약간 원숭이 새끼처럼 생기지 않았나

요? 내가 누군가를 골라야 한다면, 난 브래들리[4]를 택하겠어요. 항상 마음에 들었어요. 쓸데없이 폼 안 잡고, 공 딱 잡은 다음에 자기 플레이를 이어가는 거.

스탠   그래, 맞아. 정말 영리한 선수였지. 나도 좋아하는데, 대통령으로는 어떨지 모르겠네. 농구를 한다면야 물론 한 팀으로 넣고 싶지만. 이거 보고 있나?

브루시   아뇨.

스탠이 채널을 이리저리 돌려보다가 그것도 시들해져서 아예 꺼버린다. 오스카가 들어와 바의 재고를 다시 채우기 시작한다. 조용히 체계적으로 일을 하면서, 두 사람 사이에서 오가는 대화에 적극적으로 귀를 기울인다. 이 장이 진행되는 동안 내내 조용하지만 신경을 곤두세우고 있는 오스카의 존재감이 느껴져야 한다.

브루시   가쓰 봤어요?

스탠   아니, 왜?

---

4   Bill Bradley. 뉴욕 닉스 팀에서 농구선수로 뛰다가 은퇴와 동시에 1978년에 상원의원에 출마해서 당선된 뒤, 2000년 대선에 민주당의 경선주자로 참여했다.

브루시	비앤비[5]를 열었대요.
스탠	난 또 뭐라고. 그 얘기 해주는 거 당신이 세 사람째야.
브루시	항상 그거 할 거라고 그랬거든요. 맨날 그 얘기였어요. "온두라스에 비앤비를 열 거야. 아주 죽여줄 거야." 그러면 나는, "뭐? 하, 근데 온두라스가 어디 붙어 있는 거야?" 이러곤 했죠. 가쓰는 진짜 파렴치한 구두쇠였어요. 술 한 잔 사는 법이 없었으니까요. 이제야 왜 그런지 알겠더라고요.
스탠	목표에만 집중하는 거지.
브루시	맞아요.
스탠	당신은 요즘 어때?
브루시	뭐 좆도, 그렇죠—
스탠	그래—
브루시	한데서 벌벌 떨면서. 그래도 "뒤로돌아" 하고 싶진 않아요.
스탠	그렇지. 해고된 게 이제 얼마나 된 거지?
브루시	93주 됐죠.
스탠	그 정도 된 거 같았어. 쉽지 않네.

---

5   Bed and Breakfast. 아침식사를 주는 민박집. 가정적인 분위기를 제공해 준다.

브루시	엡. 새 계약서는 도저히 못 받겠더라고요. 그게 씨발 노예가 되라는 얘기지. 그게 그자들이 원하는 거예요. 임금을 절반 깎는 것도 수용하겠다고 했는데 꿈쩍도 않더라고요. 은퇴연금을 포기하라는 거예요. 그럼 우린 어쩌라고요? 평생 뺑뺑이치다가 다시 열여덟 살 때 있던 그 자리로 돌아가는 건데, 그게 대체 뭐예요?
스탠	임시직 고용했지?
브루시	예, 대부분 남미 애들이죠. 우리 피켓 라인을 통과해서 들어가 뼈가 빠지게 일하다가, 석 달이면 다른 팀하고 다시 교체되죠.
스탠	좆까라 그래. 어딜 가도 그것만 못할까봐.
브루시	빠져나간 사람들도 몇 있어요. 하지만 우리가 방직공장에서 새 계약을 따낼 수만 있으면 그걸로 다 벌충할 수 있어요. 그거 보고 버티는 거예요. 사측에서는 어떻게든 노조를 깨보려고 하고 있지만요.
스탠	그거야 안 될 일이지. 자네들이 자랑스럽네.
브루시	다 쓸데없어요.
스탠	그런 말 하지 마.
브루시	내가 몇 년이나 일했죠? 일 열심히 했단 말예요. 안 그래요? 가족도 일구고. 이제, 내 나이 마흔 아홉이에요.

스탠	말도 안 돼.
브루시	예. 마흔하고도-니기미-아홉. 근데 말이죠, 어제 이 생각을 했는데요, 앞날을 위해서, 그러니까, 앞으로 올 십오 년, 이십 년을 생각해서라도 버 텨야 된다 이 말이에요. 그걸 알아야 돼요. 그걸 생각해야 된다고요. 우리 아버지는 이런 거 전 혀 안 겪었어요. 우리 아버지는 그냥… 그만두 던 그 날까지 매일 꼬박꼬박 출근카드 찍고, 아 주 근사한 퇴직 패키지를 받아들고 나왔어요. 지 난 시월에는 그리스 섬들 사이로 돌아다니는 십 팔 일짜리 크루즈 여행을 다녀왔어요. 그런데 나 는, 씨발, 있는 힘을 다해서, 꼬박꼬박 출근해서, 해야 할 일 다 하고, 물론 좋은 시절도 몇 년 있 었죠… 근데요, 내가 대체 뭘 잘못한 거예요?
스탠	내가 그 맘 알지. 내 인생에서 제일 좋은 일이 뭐 였냐면, 다친 거야. 그 끝도 없는 소용돌이에서 날 꺼내줬거든. 우린 삼대가 그 현장에서 일했 어. 누구보다 충성스럽게. 딴 데 가는 건 생각도 못했지. 그러다 다쳤어. 병원에 거의 두 달 누워 있었지. 걷지도 못하고. 발가락에는 감각도 없었 어. 근데 올스테드 가문에서 어떤 씨발놈 한 놈 도 들여다보고 "기계를 안 고쳐줘서 미안하다" 한마디 하는 놈이 없었어. 그 기계에 문제가 있

다는 거 다 알고 있었으면서도. 램지, 스미츠—
다들 그 문제를 경고했었는데.

브루시 뻔하죠.

스탠 내가 유일하게 회사에서 연락을 받은 건 그 새끼
들이 병원으로 그 잘난 변호사들을 보냈을 때였
어. 나더러 고소하지 말라고. 개자식들. 이십팔
년. 내가 그때 가서야 알았어. 그제서야 내가 그
놈들한테는 아무것도 아니란 걸 알았다고. 아무
것도 아냐! 한 회사에 대한 삼대에 걸친 충성이.
이게 미국이야, 그치? 우린 그런 게 뭔가 의미가
있을 거라고 생각하지만, 그놈들은 지들이 무슨
시혜를 베푸는 것처럼 군다고.

브루시 맞는 말씀.

스탠 그래서 기본적으로 알고 있어야 될 게, 그자들은
모든 것의 핵심에 인간의 존엄성이란 게 들어 있
다는 걸 도저히 이해 못한다는 사실이야. 내가
그렇게 오랫동안 파이프 박는 일을 했는데, 그놈
들이 나한테 고맙다고 한 횟수는 한 손으로 꼽을
수 있을 정도야. 관리자들, 눈을 들여다보고 한
번씩 "고맙습니다"라고 말하라고. "고마워 스
탠, 주말에도 일찍 나와서 일해줘서 고마워. 잘
했어." 이렇게 말이야. 난 내 일을 좋아했어. 잘
했고. 스물여덟 해 동안 파이프를 박았다고. 그

런데 내 다릴 봐! 나한테 남은 건 이거라니까.

브루시   동감이에요. 그런데, 내가 정말 솔직하게 말해도 될까요?…

스탠   그럼, 물론이지.

브루시   (날것 그대로 솔직하게) …앞으로 어떻게 해야 할지 모르겠어요.

스탠   그게 무슨 소리야?

브루시   어떻게 해야 할지 모르겠다는 거요? ("내 목표가 뭐냐고요?" 하는 의미로) 그게… 이젠 더이상 모르겠어요. 도대체 무슨 의미가 있나요? 정말 심각하게 하는 말이에요.

스탠   그런 식으로 생각하면 안 되지.

브루시   저로선 이게 솔직한 거예요. 그러니까, 씨발 정말 이렇게 해서 뭘할 건데요? 예?

스탠   나아질 거야.

브루시   (날이 선 채) 그래, 그렇게 생각하세요?

스탠   난 그래.

브루시   나한테는 그런 메시지가 안 오고 있는데요! 지난 주에 노조 사무실에 가서 무슨 말도 안 되는 교육 프로그램에 등록하고 있는데, 어떤 백인 늙은이가 오더니 우리가 자기 일자리를 빼앗아갔다는 거예요. 우리 중에 누굴 두고 말하는 건지 몰라서 내가 "우리?" 하고 물었더니 날 가리키더군요. 그래서 "나?" 못 봤는지 모르겠지만 난 씨발 당신하고 같은 대열에 서 있는데? 그렇게 말했죠. 상식적인 인간이라면 그 말을 듣고 그만 닥쳐야겠죠. 그런데, 천만에요. 이 인간은 고장 난 녹음기처럼 우리가 여기에 와서 모든 걸 망쳐놨단 얘기를 되풀이해서 하고 또 하는 거예요. 내가 방금 도착한 이민자라도 되는 것처럼 말예요. 내가 어떻게 살아온 인간인지를 모르는 거지. 1952년 10월 2일에 우리 아버지가 마지막 목화송이를 땄어요. 그리고는 칼과 성경책을 챙겨서 북쪽으로 올라왔어요. 열흘 뒤에 딕슨 양말 회사에 취직했죠. 야적장 먼지 구덩이에서 시작해서 아까 그 백인 영감 같은 씨발놈들하고 싸워가면서 악착같이 기어올라 노조 대표까지 올라갔어요. 난 이해가 안 가요. 무슨 일만 생기면 상대방 탓하는 이거 결혼생활하면서 하는 것만으로도 충분하지 않나요?

스탠 그런 인간들 신경 쓰지 마.

신시아, 트레이시, 제시가 들어온다. 세 사람은 대화를 나누는 중이다.

트레이시 아저씨, 잔을 채우시오!

브루시	신시아.
신시아	여긴 왜 왔어?!
브루시	마시러 왔지, 당신처럼.
신시아	여기로?
브루시	헤이 제시, 트레이시.
제시	브루시.
트레이시	잘 지내?
브루시	그럭저럭. 이뻐 보이셔들.
트레이시	자긴 항상 이렇게 달콤한 거짓말을 잘해.
브루시	신시아, 잠깐 좀 볼까?
신시아	싫어.
브루시	잠깐만—
신시아	싫어!

신시아는 제시, 트레이시와 함께 앉는다.

신시아	피곤한 날이야. 또 시작하고 싶지 않아. 조용히 마시게 내버려 둬줘, 오케이?
트레이시	무시해버려.
제시	신경 쓰지 마, 우리 한 잔만 하고 갈 거야, 응?

브루시가 여자들 쪽으로 다가간다.

브루시	신시아, 쫌—
신시아	뭘 원하는데?
브루시	얘기 좀 할 수 있을까?
신시아	아니.
브루시	얘기 좀 할 수 있을까?!
신시아	싫어!
브루시	얘기 좀 할 수 있을까?
신시아	싫어!

브루시가 탁자를 내리친다. 흔들린다. 여자들이 한꺼번에 일어서서 공동전선을 형성한다.

스탠	저기, 브루시, 여기 와서 앉아. 한 잔 더 줘?
트레이시	말하기 싫다잖아.
브루시	당신은 빠져!
스탠	이봐, 이봐, 쫌—
트레이시	가자.
신시아	난 안 가. 여긴 내가 다니는 집이야.
제시	그렇지.
브루시	그냥 얘기 좀 하자.
신시아	당신이 뭘 원하는지 알아. 없어.

신시아가 주머니를 뒤집어 보인다.

브루시	됐고. 들리는 얘기로는 당신—
신시아	뭐?
브루시	꼭 사람들 다 보는 앞에서 해야겠어?
신시아	안 하면 되겠네. 난 암만 생각해봐도 당신한테 할 말이 없어.
트레이시	진정해.　　　　**제시**　아예 듣질 마! 그냥 무시해.
스탠	쫌… 내가 한 잔 살게… 그러지 말고. 뭐 마실래?

긴장이 고조되던 것이 멈춘다.

브루시	같은 거요.
스탠	자자, 앉아. 그만해. 괜찮아.

여전히 긴장된 상태. 스탠이 브루시에게 술을 부어준다.

브루시	(스탠에게) 지금 나하고 게임을 하고 있는 거예요.
스탠	괜찮아, 괜찮아.
신시아	시계처럼 정확해. 목요일. 주급 나오는 날.
트레이시	내가 대신 얘기 좀 할까?
신시아	아니. 그랬다간 더 지랄할걸.

브루시가 신시아를 노려본다.

트레이시   쳐다도 보지 마.

신시아   저기 앉아서 계속 날 저렇게 쫄 거야.

제시   버텨!

브루시가 신시아의 시선을 끌려고 하지만 여자들은 의식적으로 그를 무시한다. 브루시는 입모양만으로 "신시아" 하고 부른다. 마침내 버티지 못하고,

제시   (브루시에게) 그냥 좀 내버려 둬줄래?!

브루시   그 입 좀 그냥 닫아줄래?!

신시아   얘한테 그딴 식으로 말하지 마!

브루시는 과장된 제스처로 양손을 가슴에 얹는다.

브루시   신시아? 자기야?

스탠   브루시…

브루시   왜 이렇게 심하게 굴어.

신시아   내가 심하게 굴어?! 너 내 열대어들 다 어쨌니? 어?

신시아가 갑자기 벌떡 일어나더니 브루시를 향해 무서운 기

세로 다가온다.

트레이시 가지 마.   **제시** (브루시에게) 너 진짜 뻔
뻔스럽다!

브루시 그냥 얘기 좀 하자고.

신시아 그래! 말해!

브루시가 부드럽게 그녀의 손을 잡는다.

트레이시 신시아!

브루시 거기, 주둥이, 잠깐만.

트레이시 넌 여자를 존중하는 마음이 손톱만큼도 없어.

브루시 아니고, 널 존중하는 마음이 없지. 그러니까 입
좀 닥쳐!

트레이시 그러면서 왜 내 마누라는 나랑 얘기하지 않겠다
고 할까 그러지.

브루시 …잠깐 동안만 좀 내버려 둬줄래?

신시아 (트레이시에게) 내가 알아서 할게.

사이

신시아 원하는 게 뭔데, 브루시?

브루시 그러게 내가 설명하려고 하잖아.

브루시는 종이를 한 장 꺼낸다.

신시아   그게 뭐야?

신시아에게 건네준다. 신시아가 읽는다.

브루시   교육 프로그램에 들어갔어.

신시아   술 마시는 것도 그 프로그램의 일부고?

브루시   이젠 달라.

신시아   동의하기 어려운데.

브루시   꼭 그렇게 말해야겠어?

신시아   뭐라고 말했으면 좋겠는데?

브루시   나도 노력하고 있다는 걸 보여주고 싶은 거야.

신시아   알았어.

브루시   그리고?

신시아   얘기 다 했어?

브루시가 종이를 접어 다시 주머니에 집어넣는다.

브루시   그래.

신시아   그래. 종이 좋네. 주급명세서였으면 더 인상적이
         었을 텐데. 당신 아들한테 전화는 해봤어?

브루시   걘 잘 지내나?

신시아	오. 좀 발전이 있네. 걔가 무슨 얘기 안 해?
브루시	아니.
신시아	올브라이트 대학에 붙었어.
브루시	치… 진짜로?
신시아	할 말이 그게 다야? 걔는 얼마나 당신이… 아이고, 됐다. 전화나 해봐. 구월에 시작한대.
브루시	대학? 학비는 누가 대고?
신시아	지가.
브루시	고정수입을 보장해주는 공장을 나온다고? 걔 바보인 거야, 아니면—
신시아	훌륭한 조언이야. 당신 경우는 어땠지?
브루시	…
신시아	이보세요, 혹시라도 걔하고 얘기하게 되면, 제발 좀, 그냥 잘했다, 자랑스럽다, 이렇게만 해줄래? 딴소리 해서 애 딴생각하게 하지 말고. 만약 그랬다간 내가…, 이건 잘된 거야. 당신도 자랑스러워해야 마땅한 일이야.
트레이시	맞아. 걘 항상 똘똘했어.
브루시	내 말은 그냥—
신시아	그냥 가만 좀 있어줘.

사이

브루시　　잘 지내?

신시아　　응. 괜찮아.

브루시　　스탠한테 들었는데 승진 심사 대상이라고.

신시아　　응. 창고감독. 나뿐 아니고 트레이시, 클레어런스 그리고 뚱보 헨리. 다 신청했어.

브루시　　(트레이시에게) 진짜야?

트레이시　어. 곧 결정이 날 거야. 근데 크게 기댄 안 해. 그냥 우리 똥구멍으로 바람만 넣으려는 걸 거거든. 경영 컨설턴트가 하는 애들이 이따금씩 물에 밑밥을 뿌려두는 게 좋다고 그랬다고 하더라고.

신시아　　야, 너도 나만큼이나 절실하게 원하잖아. 발빼려고 들지 마. 너 원하는 거 내가 알아.

제시　　얘 물론 원하지. 트레이시는 남한테 이래라저래라 하는 거 좋아하거든.

트레이시　까불지 마. 　　**신시아**　어쨌든 우리 중 하나가 그 자리를 가지면 얼마나 신나겠어?

신시아는 트레이시를 따뜻하게 안아준다.

브루시　　(날이 선 농담) 여기 둘 중 하나를 뽑는다면 회사가 정말 어렵단 얘길 거야.

신시아　　시비 걸지 마. 당신이 다시 뭔가를 시도한다는 건 반가운 소식이야, 하지만 나는—

브루시 　잠깐만, 잠깐만. 그냥 이렇게 가지 마. 제발. 작
년 연말에 있었던 일은 정말 끔찍했어. 그땐 내
가 내가 아니었어… 미안해. 이봐, 나 이제 약 끊
었어. 오케이? 다신 그런 일 없을 거야. 정말 창
피하다. 당신 나 알잖아. 휴… 내가 원랜 나 같
은 인간들 비웃던 사람인데.

신시아의 손을 잡는다. 부드럽게. 신시아는 브루시의 이런
시도에 약하다.

브루시 　미안해, 자기야. 응? 당신 이쁘다. 당신 작업복
입은 모습은 항상 섹시했어.

제시 　트레이시, 어떻게 좀 해봐.

브루시 　집 앞을 지나가면서 보니까 물받이가 덜렁거리
는 게 보이더라고. 다시 달아야겠더라. 내가 언
제 들러서 손볼게. 모든 게 좀 단순해졌으면 좋
겠어, 대화를 하자고. 우리 사이가 좋아지면 내
가 다시 자리를 잡는 것도 한결 쉬워질 거 같애.

신시아 　그건 아닌 거 같고. 크리스한테 전화해. …약 끊
고. 하지만 찾아오진 마.

브루시 　내가 다시 복직하게 되면—

신시아 　만약에. 만약에. 당신네 단결해서 버티는 거 나

도 전적으로 지지하는데, 자기야, 하지만 이게 우리한테 어떤 영향을 미치고 있는지도 좀 생각을 해봐야 돼.

브루시   (부드럽기 그지없다) 키스해도 될까?

신시아   뭐?

브루시   최소한 키스라도 할 수 없을까?

키스하기 위해 다가가고, 신시아가 순순히 응한다. 둘만의 순간. 트레이시가 돌연 끼어든다.

트레이시   지금 가주는 게 좋을 거 같애!

브루시   이건 우리 일이야. 아줌마는 빠져줘!

트레이시   신시아 일이 곧 내 일이야.

브루시   이 아줌마 백인 아줌마치곤 정말 엄청 나대네.

트레이시   나대는 걸로 멈추지 않을걸! 한번 해볼까! 걔 내 버려 둬. 알았어? 걔 지금 정말 잘 하고 있으니까—

제시   또 걔 인생에 끼어들어서 개판 치지 말라고!

트레이시   신시아를 위해서 뭘 해주고 싶어? 그럼 약을 끊든가 아주 꺼지든가 해. 그게 네가 걔한테 해줄 수 있는 최선이야.

브루시   나한테 이래라저래라 하지 마! 내가 뭘 해야 할지는 내가 알아!

스탠   브루시, 오늘은 이만 좀—

브루시가 갑자기 차오르는 감정을 어쩌지 못한다. 가까스로
추스르려 하지만 쉽지 않다.

브루시   신시아! 제발—
신시아   싫어!!

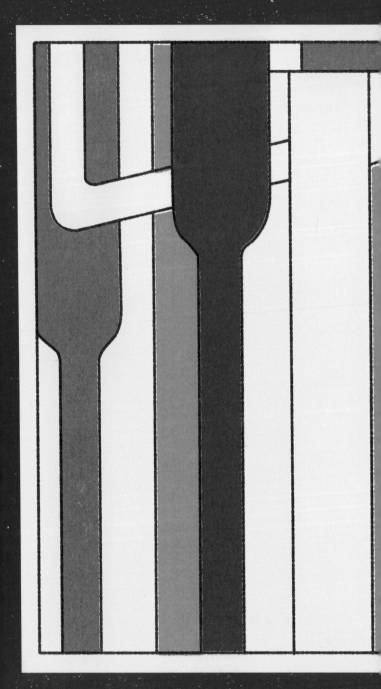

5
2000년 4월 17일

바깥 기온 15도. 뉴스에서는: 테크버블이 터지면서 다우존스 지수가 기록적으로 617.77포인트 하락하고 난 사흘 뒤. 워싱턴 DC에서는 시위대가 세계은행과 IMF간의 회합을 방해한다. 레딩에서는 26세 남자가 우드워드 스트리트에 있는 바를 나서다가 총에 맞는다.

바의 바깥. 트레이시가 담배를 피우면서 서 있다. 오스카가 밖으로 나와 문간에 선다.

오스카   안녕하세요.

트레이시   안녕.

오스카   담배 하나 얻을 수 있을까요?

트레이시   (아무렇지도 않게) 아니.

오스카   받은 건 없지만 고맙습니다.

트레이시   천만에.

사이. 오스카는 여전히 문간에 서 있다.

트레이시   넌 할 일이 없니?

오스카   쉬는 시간이에요.

어색한 침묵.

오스카   안에서 기다리고들 있는 거 아세요?

트레이시   알아.

오스카   여기 계신다고 얘기해 드릴까요?

트레이시   내가 지금 네가 날 보살펴줬으면 좋겠다고 생각 하는 것처럼 보이니?

오스카   아이고 됐습니다. 그냥 도와드리려고 했을 뿐이 에요.

트레이시   저기, 쫌, 개인공간을 좀 인정해줄래?

오스카   근데 그게, 사실은 제 개인공간이거든요. 제가 항상 쉬는 자리예요. 제 자리라고요. 하지만 제 가 워낙 신사니까.

트레이시   그래. 잘났다. 이제, 꺼져줘.

오스카   (혼잣말로) 씨발년.

트레이시   개자식이.

오스카   좆까.

트레이시   좆까, 새끼야!

잠깐 마주 버티고 선다. 누구도 물러설 생각이 없다.

트레이시　⋯그래서?

오스카　그래서 뭐요?!

마침내, 트레이시가 마음을 누그러뜨리고 오스카에게 담배를 한 개비 건넨다.

트레이시　됐냐?

오스카　고맙습니다.

트레이시가 불을 붙여준다. 같이 담배를 피운다.

오스카　⋯저기요—

트레이시　응?

오스카　음. 음, 어, 어—

트레이시　너 벙어리냐? 뭐?

오스카　공장에서 일하시죠, 예?

트레이시　여기 오는 사람이 다 그렇지. 바보야!

오스카　거기 괜찮아요?

트레이시　괜찮아. 직장이 뭐. 고정수입이고. 대충 그렇지.

오스카　보수는 괜찮아요?

트레이시　청구서 날아오는 건 낼 수 있지. 왜 그렇게 궁금

한데?

오스카 센트로 히스파노에 공고가 붙은 걸 봤거든요.

트레이시 그게 뭔데?

오스카 우리 동네 커뮤니티센터예요.

트레이시 공고를 봤다는 게 무슨 소리야?

오스카 공고요, 구인공고. 올스테드? 스틸 강관? 그게 아줌마네 공장 맞죠?

트레이시 내 건 아니고, 내가 일하는 데지.

오스카 아 예, 참… 거기서 사람을 뽑더라고요. 보수가 여기보단 세겠죠.

트레이시 무슨 소릴 하는 거야? 올스테드에선 아무도 안 뽑아.

오스카 그렇지 않던데요. 포장하고 발송 쪽에 견습인력 을 뽑는다고… 여기 전단도 있는데요.

오스카가 주머니에게 전단지를 꺼낸다.

트레이시 좀 줘봐.

트레이시가 전단지를 잡아챈다.

트레이시 내가 읽을 수 있는 건 "올스테드"가 다네. 나머 진 글인지 그림인지.

오스카	스페인어예요. 거기 보면 언제 교육 신청을 접수 하면 되는지 시간이 나와 있어요.
트레이시	누가 장난쳤네. 그렇게 맘대로 되는 게 아냐. 일 단, 거기에 취직하려면 노조에 가입을 해야 돼.
오스카	전단에는 그런 말 없는데요.
트레이시	글쎄, 그러니까 엉터리지.
오스카	그렇군요.
트레이시	엉터리라고!
오스카	알았다고요!
트레이시	그게 그렇게 되는 게 아냐. 어쨌거나. 그리고 노 조에 들어가려면 누군가를 알아야 돼. 우리 아버 지가 거기서 일했고, 나도 거기에서 일하고 있 고, 내 아들도 거기에서 일해. 그렇게 돌아가는 데야. 원래부터 그랬어.
오스카	나 아줌마 알잖아요.
트레이시	넌 나 몰라.
오스카	거기엔 어떻게 들어가요?
트레이시	그만 좀 물어봐. 너네 엄마는 나이든 사람을 존 중하라고 가르쳐주지도 않디?
오스카	저 안에서는 다들 꽤 취한 거 같던데요.
트레이시	그래?
오스카	그래서, 뭘 축하하는 거예요?
트레이시	신시아 알지.

오스카 예.

트레이시 지난 주에 걔가 승진을 했거든. 회사에서 걔한테 아주 편안한 자리를 줬어요. 아주 그냥 뒤로 팍 젖혀지는 자리지. 쟤도 이제 그거 가지고는 그만 떠들어줬으면 좋겠고만.

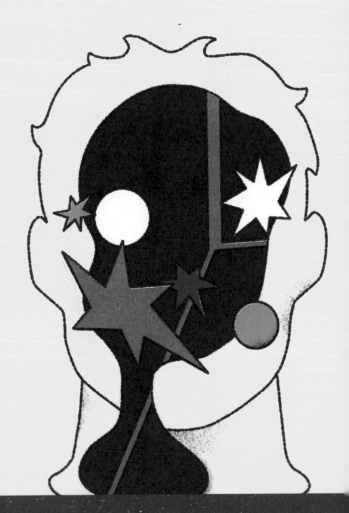

오스카   둘이 친구 아니었어요?

트레이시   어, 친구지. 근데 그래서? 넌 친구가 가끔 지겨
            워지지 않니?

트레이시가 담배를 빨아들인다.

트레이시   너 내가 저 공장에서 얼마나 오래 일했는지 아
            니? 관둬라… 됐어, 중요한 것도 아니고… 근
            데, 나도 신시아만큼은 현장을 알거든. 잘 알아.
            너 내가 그 자리에 앉지 못한 진짜 이유가 뭔지
            아니? 버즈가 나하고 한 번 하고 싶어했는데 내
            가 안 줬거든, 그랬더니 그 새끼가 경영진한테
            나는 좀 불안정한 데가 있다고 떠든 거야. 난 불
            안정하지 않아. 난—

오스카   말도 안 되는 수작이네요.

트레이시   그래. 엿같지. 그러고, 분명히 유색인종을 앉히
            고 싶었을 거야. 내가 무슨 선입견이 있는 건 아
            닌데, 요즘 세상이 그렇게 돌아가잖아. 나도 보
            는 게 있다고. 분명히 세금 감면 혜택이나 이런
            걸 받을 거야.

오스카   그건 좀 잘 모르겠는데요.

트레이시   그게 사실인 걸. 요즘 돌아가는 게 그래. 말했지
            만, 난 선입견 같은 건 없어, 그렇게 생긴 걸 어

떡해, 안 그래? 난 누구하고나 잘 지내. 근데, 야, … 솔직히 말해서… 너네는 이 나라에 오면서, 일자리도 훨씬 빨리 얻고—

오스카   난 여기서 태어났어요.

트레이시   그래도… 너 여기서 태어났다고? 버크 카운티에서?

오스카   예. 여기서요.

트레이시   그래? 아무튼, 우리 가족은 여기서 오래 살았어. 20년대부터, 알어? 내가 지금 사는 집이 그때 지은 집이야. 이 타운도 우리 조상들이 그때 지었어. 우리 할아버지는 독일 사람이었는데, 뭐든지 만들 줄 알았어. 캐비닛, 고급 가구, 이런 것들. 할아버지 손은 정말 기가 막혔어. 튼튼하고. 두툼하고. 정말 단단했지. 악수 한 번만 해보면 할아버지의 존재감, 그 힘을 그대로 느낄 수 있었어. 그 두 손, 내가 얘기해줄까, 엄청 탄탄하고, 딱 일하는 사람 손이지, 정말로 뭐든지 만들 줄 아는 손이었어. 아름다웠지. 난 지금, 요즘 그 뭐냐, 회반죽 해가지고 구멍이나 좀 때우고 그런 사람들 얘기하는 게 아냐, 그런 애들은 가짜야. 우리 할아버지는 진짜배기였어. 장인… 내가 어렸을 때, 여덟 살인가 아홉 살 때였는데, 할아버지하고 펜 타운 시내에 가곤 했어. 가게들 쇼윈

도우 보면서 죽 걸어가는 거야. 그때는 거기 시내가 정말 예뻤어. 옷을 잘 차려입고 쇼핑을 가는 거야. 포메로이, 휘트너, 그런 상점들. 그럴 때마다 난 정말 특별한 존재가 된 거 같았어. 왜냐면 할아버지는 이렇게 크고 건장한 사람이었기 때문에, 걸어가고 있으면 사람들이 이렇게 비켜섰거든. 하지만, 내가 정말 좋아한 건, 할아버지가 사무용 빌딩이나 은행, 이런 데 데려가주는 거였어. 그런 데 들어가서 할아버지가 목공작업을 한 부분을 보여주시는 거야. 가까이 가서 아주 자세히 들여다보면 할아버지가 특별히 날 위해서 새겨놓은 것들을 볼 수 있었어. 사과꽃송이 그런 거. 정말로. 내가 말하는 건 그런 거야. 그땐 손을 써서 뭔가를 만들어놓는 사람을 존경하던 그런 시대였어. 하지만 지금은, 펜 타운에 가봐도 아무것도 없어. 건물에 들어가보면 벽에는 그냥 석고보드를 붙여놨고, 나무장식에는 회색 아니면 아무튼 그런 끔찍한 페인트를 발라놨지. 그런 게 날 슬프게 하는 거야. 그런 게 날… 아무튼.

오스카 괜찮아요?

트레이시 야, 네가 들고 있는 그 종이, 그런 건 모욕이야. 그런 건 아무 의미도 없어. 올스테드는 널 위한 데가 아냐.

바깥 기온 29도. 뉴스에선: 미국의 실업률은 30년래 가장 낮은 3.9퍼센트로 내려갔다. 레딩 시는 천만 달러에 이르는 적자 때문에 십수 명의 직원을 해고했다. 알렌 아이버슨과 필라델피아 세븐티식서스 농구팀은 동부지역 결선 준결승전의 1차전에 대비하고 있다.

조명이 들어온다. 바. 스탠은 김렛을 만들고 있다. 제시는 바에 앉아 생일케이크를 쳐다보고 있다. 오스카는 바의 뒤쪽에 앉아 휴대용 비디오 게임기로 게임을 하고 있다.

스탠   김렛. 휘젓지 않고 흔들기만 하는 게 중요하지.

스탠은 칵테일을 바에 내려놓는다.

제시   이번에는 진짜 알코올도 좀 넣었어?

스탠   넣지 않아야 한다는 이성적인 판단에도 불구하

　　　　　　고, 넣었지—

제시　　　웃기서.

제시가 한 모금 맛을 보고, 음미한다.

스탠　　　벌써 얼마 동안 자리만 덥히고 있는 거야. 다들
　　　　　　오긴 오는 거야?

제시　　　그렇게 말들은 했는데, 근데 이 정도 늦어지면
　　　　　　더이상 알 수 없는 거 아닌가?

스탠　　　원래 몇 시에 만나기로 한 건데?

제시　　　공식적으로? 지금으로부터 한 시간도 더 전에.

스탠　　　어이쿠. 내가 모르는 뭔가가 있나?

제시　　　몰라. 신시아. 승진. 뭐 그딴 거. 트레이시가 겉
　　　　　　으로는 아무렇지도 않은 척은 하는데, 근데, 걔
　　　　　　가 신시아가 시키는 거 듣기 싫어하는 게 내 눈
　　　　　　에는 보이더라고. 누구한테 이런 얘긴 하지 마,
　　　　　　아무튼 그 둘 사이가 예전 같지 않아.

스탠　　　이 동네 사람관계라는 게 그렇지. 짜증을 내고
　　　　　　한탄을 하면서 조금이라도 나은 걸 얻으려고 하
　　　　　　고. 하지만 그러다가 누가 좀 잘 풀리기 시작하
　　　　　　면, 그땐 뭐 골 아프지.

제시　　　그러게 말이야. 트레이시는 동네를 돌아다니면
　　　　　　서 신시아가 승진한 게 걔가 흑인이라서 그런 거

라고 소문을 내고 다니는 거 같더라고. 두 달 전
만 해도 신경도 안 쓰더니 갑자기—

스탠 그런 말도 안 되는 소릴. 신시아는 자기 힘으로
따낸 거야.

제시 그럼. 근데 실제로 그 일 때문에 열받은 사람들
이 많아.

스탠 정말 너무들 하네. 사람들은 변화가 싫은 거야.
나 같으면 그것 때문에 잠 못 자는 일은 없을 텐
데—

제시 맞는 말이여. 다들 좆까라 그래. 나도 중간에 끼
어 있는 게 아주 짜증나. 케이크나 자르자.

스탠 정말?

제시 그럼!

스탠 어이, 오스카.

오스카 예?

스탠 칼 좀 갖다 줄래?

오스카가 바에서 칼을 꺼내준다.

스탠 특별한 생일 소원이 있나?

제시 당연히 있지. 근데, 뭐가 있으면 정말 좋겠는지
알아? 키스. 오늘 같은 날은 정말 키스를 한 번
받았으면 좋겠어.

제시가 촛불을 불어서 끈다.

스탠   생일 축하해, 자기.

오스카   생일 축하해요.

제시   고마워.

제시가 케이크를 자른다. 신시아가 바람을 몰고 서둘러 들어온다.

신시아   나 너무 늦었지, 자기야.

제시   우리 보스 오셨네!

신시아   아우 머리 아퍼. 미팅에 잡혀 있었어.

제시   별일 없어?

신시아   신경 쓸 거 없어. 오늘은 네 날이야. 여기. 생일 축하해.

신시아가 제시에게 셰어의 CD를 건넨다. 신시아가 셰어의 히트곡의 한 소절을 노래 부른다
신시아가 제시를 안아준다. 다음 소절을 둘이 같이 노래 부른다.

제시   거의 용서했어.

신시아   내가 여기에 빠지면 안 되지. 근데 미팅에서 빠

져나올 수가 있어야 말이지. "수퍼바이저"들로 가득찬 방에 갇혀 가지고 말이야. 다들 현장 라인이 어떻게 해야 더 효과적으로 돌아갈 수 있는지 오만 가지 아이디어들을 쏟아내는데, 사실은 이 멍청이들 중에서 실제로 기계를 돌려본 사람은 단 하나도 없는 거야.

제시   뻔하지.

신시아   공장 전체를 인간 다섯 명 반만 있으면 돌릴 수 있다고 믿는 멍청이도 하나 있더라고.

제시   하! 그 반쪽짜리 인간은 어디 가면 찾는대?

스탠   위스키?

신시아   더블이요, 자기.

스탠   (비꼬는 투로) 자, 새 직책은 어때?

신시아   너무 피곤해.

제시   이번 여름 되기 전에 에어컨만 고쳐주면 난 대만족이야.

신시아   그건 내가 작성해놓은 아주 긴 리스트에서 열여섯 번째야. 너무 기대하지 마.

스탠   오, 멋진데. 리스트도 있어?

신시아   그뿐인가, 책상도 있고, 심지어 컴퓨터도 있죠.

스탠   뭐?!

제시   나도 봤어. 거짓말 아냐.

스탠   으아, 현장 라인에서 그렇게 오래 구르고 나서.

	아주 달콤하겠네.
신시아	달콤하다는 말로는 그 근처에도 못 가죠. 첫날 가서 주차를 딱 했어. 차에서 내리자마자 곧장 라인으로 간 거야, 자동반응이지. 그냥 그렇게 한 거야. 문을 열고 들어가서, 항상 하던 것처럼, 기름 냄새하고 쇳가루 먼지 냄새를 맡으면서, 기계들이 돌아가는 소리와 더불어서 그 안의 에너지를 느끼는 거지. 그렇게 내 자리로 가서 "안녕 랜스, 베키" 하고 인사를 하고, 작업 준비를 했어요. 내 몸은 내가 거기에 파이프를 포장하러 왔다는 걸 알고 있어. 여태 그 일을 해왔으니까.
스탠	그게 여태 해온 일이지.
신시아	기계에 시동을 걸었어요, 근데 다들 나를 쳐다보는 거야. 트레이시가 와서 "야 이년아, 너 여기서 뭐하니?" 그러는데, 그때야 기억이 났어요. 아, 가서 앉을 수 있구나.
제시	그래. 넌 이제 앉을 수 있지.
신시아	작업용 앞치마를 안 입어도 되고, 열 시간씩 서 있지 않아도 되고, 허리보강벨트를 풀러도 되고 이제 손가락이 굳는 걸 걱정하지 않아도 되고, 왼쪽 발에 피물집이 잡히는 걸 걱정하지 않아도 되는 거지. 게다가 사무실에는 에어콘이 빵빵하게 돌아가니까 땀도 안 흘릴 것이고, 그 개자식

	들은 에어콘도 있더라고.
제시	당연히 있겠지.
신시아	이십사 년을 일했는데, 사무실 직원들하고 얘길 해본 기억이 없어. 서류 작성할 때 말고는. 그 사무실에 사실 우리만큼이나 오래 일한 사람들도 있는데, 버스 옆자리에 앉은 사람만큼이나 낯선 거야.
제시	물론 그렇겠지.
스탠	그렇겠네—
신시아	이건 마치 지도를 보다가 불과 몇 킬로미터 밖에 바다가 있다는 걸 발견하게 된 거 같은 거예요. 그동안 그 사실을 몰랐던 건 단지 그 사이가 망할 놈의 산으로 막혀 있었기 때문이었던 거지.
제시	네가 정말 자랑스러워. 넌 그 빌어먹을 현장 라인에서 빠져나간 거야

크리스와 제이슨이 넘치는 에너지를 가지고 들어와 제시를 껴안는다. 갑자기 파티가 된다.

크리스	잘 지내셨어요?!
제이슨	우리가 파티를 놓친 거예요?!
제시	아냐. 딱 제때 왔어. 지금 케이크를 자르려던 참이야.

제이슨   맛있게 생겼네요.

제이슨은 손가락으로 크림을 찍어 먹는다.

스탠   어이, 손가락 치워.

제이슨   생일 축하합니다!   **크리스**   (노래한다)해
                                               피 버스데이
                                             투유!

제시   고마워!   **신시아**   너네 어디서 오는 거
                                             니?

크리스   제이슨이 새로 산 오토바이 시운전해보고 오는
             길이에요.

스탠   진짜!

제이슨   예!

스탠   축하한다!   **신시아**   둘 다 헬멧은 쓰고 탔
                                             겠지?

크리스   (스탠에게) 생맥주 뭐 있어요?

스탠   꼭 물어야겠니?

크리스   희망을 버리지 않는 거죠. 그게 다예요.

제이슨   넌 참.

제이슨이 방안을 훑어본다.

제이슨	우리 엄마는 어딨어요?
제시	몰라, 너도 모르니?
제이슨	걱정마세요. 올 거예요. 우리 엄마 알잖아요.
제시	그럼. **크리스** (신시아에게) 엄마 아주 중요한 사람처럼 보이는데.
신시아	배역에 맞게 입어야지.

크리스가 신시아를 안아준다.

제시	엄마가 자랑스럽지?
크리스	뭐 잘 하고 계시죠.

신시아가 크리스를 장난스럽게 쥐어박는다.

제시	(신시아에게) 야 신시아, 우리 처음 만난 날 기억나니? 너 머리를 아프로 스타일로 올리고 플랫폼 힐을 신고 있었지. 라인에서 하루도 못 버틸 줄 알았어.
신시아	너는 꼭 조니 미첼 같았어. 궁뎅이까지 내려오는 긴 머리에 머리밴드까지 하고 있어서.
제시	아저씨, 내가 이 일 시작할 때 몇 살이었게?
스탠	열아홉—
제시	열여덟. 열여덟! 상상이 가? 여름에 일 시작했을

때, 난 너희들보다도 몇 년 더 어렸다니까!

제이슨   그땐 아줌마 죽었을 거 같애요.

제시   물론 그랬지.

스탠   그랬어.

제시   아, 여름이었어, 그치? 재밌었는데. 아무 생각
         없었어. 올스테드에는 길어봐야 여섯 달에서 여
         덟 달만 있을 생각이었어. 상상이 돼? 그해 일년
         내내 사은품 스탬프[6]를 모으고 있었어. 기억나,
         그 초록색 스탬프? 그걸로 배낭하고 텐트를 살
         계획이었지. 만 장 정도 모았던 거 같아. 그렇게
         해서 그때 남자친구였던 펠릭스하고 같이 히치
         하이킹으로 대륙횡단을 할 생각이었어.

신시아   펠릭스. 펠릭스 기억난다. 뮤지션이었어, 그치?

제시   하모니카를 가지고 있었지. 알래스카까지 갈 생
         각이었어. 아버지가 그때 거기 통조림 공장에서
         일하고 있었거든. 코디악에서.

스탠   너네 아버지 알지. 필 롬바르디. 누굴 닮았냐면,
         어—

---

[6]   S&H Green Stamps. 1930년대에서 80년대까지 미국에서 유행하던 일종
의 사은 보너스 제공 방식. 60년대 중반에 가장 널리 퍼졌었는데, 슈퍼마켓이나
주유소 등에서 물건을 구입하면 액수에 따라 스탬프를 주는 방식이었다. 스탬프
를 일정량 모으면 지역마다 있는 S&H 스토어에서 점수에 따라 해당 생활용품으
로 교환할 수 있었다.

제시	제임스 가너.
스탠	맞아. 그 사람.
제시	내가 열세 살 때 알래스카로 떠나셨지. 여름 되면 그리로 가는 사람들 많았어. 기억나?
스탠	그럼.
제시	아. 나. 펠릭스. 정말 옛날얘기다. 우린 알래스카로 가서 캠핑을 하면서 자연주의로 살 생각이었어. 그래서 돈을 모은 다음에 인도로 가고. 아쉬람에서 좀 살다가 히피 트레일을 따라서 가는 거지. 이스탄불, 테헤란, 칸다하르, 카불, 페샤와르, 라호르, 카트만두. 이런 데. 아직도 그 이름들 다 기억나. 매일 밤 만트라나 기도문처럼 그 이름들을 외우곤 했어. 이스탄불, 테헤란, 칸다하르, 카불, 페샤와르, 라호르, 카트만두. 그 도시들을 지도 위에 다 표시해놨어. 맞아, 우린 그때 세계지도를 가지고 있었거든. 펠릭스가 도서관에 있는 지도책에서 찢어온 거였지. 월드북. 아… 그게 우리 계획이었어.
제이슨	근데, 왜 안 갔어요?
제시	일을 하기 시작했고, 댄을 만났고, 먼 바다에서 큰 파도를 만난 것처럼 마음이 심하게 흔들렸던 거 같아. 그러고는 다시는 해변으로 돌아오지 못했지. 그렇게 된 거야.

크리스　　　후회한 적 있어요?

이 질문이 제시에게 무겁게 얹혀진다.

제시　　　그게, 나는⋯ 세상을 좀 봤더라면 좋았을 거 같
　　　　　　아. 버크 카운티를 떠나서, 다만 일 년 동안만이
　　　　　　라도. 그게 후회가 돼. 이 일이 아니라, 얼마 동
　　　　　　안은, 모르겠어, 이 일에 가능성이 있다고 생각
　　　　　　했던 거 같은데, 그게 후회가 돼. 저기 반대편 세
　　　　　　상에 가 있는 제시에 대해 가끔 생각하지. 그때
　　　　　　봤을 세상에 대해서도.

감정이 북받쳐 오른다.

제시　　　후아. 미안. 이렇게 갑자기 올라올 줄 몰랐네.

스탠　　　거, 난 베트남전 끝나고 나서 여기저기 조금 볼
　　　　　　기회가 있었어. 근데 어딜 가든 이 타운이 따라
　　　　　　와. 어떤 면에선 모르는 게 더 좋을 수도 있어.

제시　　　그래? 뭔가를 알고 싶어지기 전까지는 자기가
　　　　　　모르는 게 뭔지를 모르잖아, 안 그래? 근데 그러
　　　　　　고 나면 너무 늦는 거지. 이스탄불, 테헤란, 칸다
　　　　　　하르, 카불, 페샤와르, 라호르, 카트만두.

트레이시가 활달한 에너지를 가지고 등장한다.

스탠   왔네!

트레이시   이제 공식적으로 파티를 시작할 수 있어!

신시아   마침내 나타나셨네.

트레이시와 제시가 껴안는다.

제시   (미소를 지으며) 우리끼리 널널하게 있을 자리
               를 만들어줘서 고마워.

신시아   (퉁명스럽게) 그래! 여기 오는 길을 잃었던 거
               야?

트레이시   그만 좀 갈궈, 왔잖아. 알았어. 미안. 이제 그만
               해!

트레이시가 신시아에게 짧고 날카로운 시선을 보낸다.

제시   자, 자, 축하해주러 왔잖아! 둘 다 그만해. 알았
               어? 좀 가라앉혀. 오늘 내 생일이야. 난 내 제일
               가까운 친구들이 다 와줘서 마냥 좋아.

신시아   고약한 태도로 나온 건 쟤야. 난 멀쩡했어―

트레이시   넌 도대체 문제가 뭔데? 신경 죽여. 제이슨, 엄
               마 맥주 한 잔.

제이슨   엄마?!!

트레이시   이리 와, 이리 와.

제이슨을 안아준다.

트레이시   사랑해!!!

제이슨이 바쪽으로 걸어간다.

제이슨   한 잔요.

스탠이 맥주를 따른다.

제시   너 괜찮아?

트레이시   내가 안 괜찮을 이유가 뭐가 있어?

제시   몰라, 네가 그냥 ─

트레이시   뭐가? 나 괜찮아. 축하하자. 야호!

제시   갑자기 축하파티 같은 기분이 싹 사라지네.

크리스는 주크박스에서 음악을 고른다. 제이슨은 케이크를
먹는 데 집중한다.

트레이시   왜 자꾸 대단한 일로 만들어? 내가 좀 늦었어.

미안해. 아무튼 왔잖아.

사이. 제이슨이 트레이시에게 맥주를 갖다준다. 트레이시가
신시아 옆에 앉는 걸 피하는 게 두드러져 보인다.

신시아   야, 트레이시. 우리 괜찮은 거지? 이 일이 있은
               후로 분명히 긴장이 느껴지거든. 어쩌면 내 머릿
               속에서 만들어낸 건지도 모르겠지만, 근데… 우
               린 아주 오랫동안 친구였잖아, 넌 항상 나한테 있
               는 그대로 말했고. 무슨 문제가 있으면, 말해봐.

트레이시   그래?

신시아   미안한데, 난 내가 왜 욕을 먹어야 되는지 모르
               겠어. 왜 그러니?

트레이시   지금 그런 얘기할 자리가 아닌 거 같아. 됐어.

신시아   난 우리 모두한테 도움이 될 거 같아서 이 자리
               를 지원했을 뿐이야.

트레이시   아, 그래?!

신시아   그리고 난 네가 하고 다니는 얘기들을 들을 이
               유가 없다고 생각해. 넌 항상 공평했잖아. 화를
               내고 싶으면 내, 하지만 이거 때문에 그러진 마.
               (자기 손등을 가리킨다.) 나 좀 봐봐, 트레이시.
               피부색 가지고 따지는 쪽으로 가지는 말아줘. 그
               러기에는 우리 둘 사이에 쌓인 게 너무 많잖아.

문제가 있으면 내 면전에서 얘기하라고.

트레이시   난 그냥, 어… 니가 그 사람들하고 너무 쿵짝이 잘 맞는 거 같아서 말이지… 그러고,… 며칠 전에 너 라인에 내려왔을 때 내가 너 불렀는데 너 그냥 무시하고 지나갔지.

신시아   자기야, 난 바쁜 척해야 돼, 내 일의 반은 그거야.

트레이시   그건 나도 인정, 근데 네가 날 무시한 그 방식이 거슬린다는 거지.

신시아   좋아, 미안하다! 난 아직 배우는 중이야. 시간을 좀 줘, 오케이? 지금 내가 얼마나 스트레스를 받는지 몰라서 그래. // 그 사람들이 날 지켜보고 있다고.

트레이시   그래?

신시아   그래!

제시   자자, 애들아, 그러지 좀 말고.

트레이시   …그리고 너 혹시 우리한테 말 안 하고 있는 건 없어?

신시아   무슨 소리야?

트레이시   나야 모르지.

신시아   쯧, 이런 식으로 게임 좀 하지 마.

트레이시   인원 감축한대?

제이슨   우와!   **크리스**   뭐라고요?

트레이시   대답해봐.

신시아   그런 헛소문은 어디서 들었어?

트레이시   작은 새가 전해주던데.

모두들 신시아를 쳐다본다.

신시아   …

트레이시   한대?

신시아   간접비용을 걷어내야 한다는 말이야 항상 있지,
          근데 그건 항상 그래왔던 거―

스탠   // 말만 있다고? 그건 두고봐야지.

신시아   뭐가 중요한지는 나도 알아. 내가 위층으로 올라
          갔다고 해서 현장 라인에서 중요하게 생각하는
          문제들을 못 본다고 생각하지는 마. 나도 현장
          사람들하고 똑같은 문제를 가진 사람이야. 난 절
          대―

트레이시   얘기해줄 거지?

신시아   물론이지.

트레이시   약속하는 거야?!

신시아   당연히.

트레이시가 주머니에서 전단지를 꺼낸다.

트레이시   너네 이 전단 본 적 있어?

제시   아니.

신시아   아니.   **제이슨**   그게 뭐야?

트레이시   처음 봤을 땐 나도 안 믿었어. 근데 지난 주에 보
           니까 주유소에 이게 몇 장이 붙어 있는 거야. 뭐
           라고 써 있는지 알아?

트레이시가 신시아에게 전단을 보여준다.

신시아   스페인어네. 난 못 읽어.

트레이시   야 오스카.

오스카   예?

트레이시가 전단을 들어보인다.

트레이시   이거 신시아한테 읽어줄래?

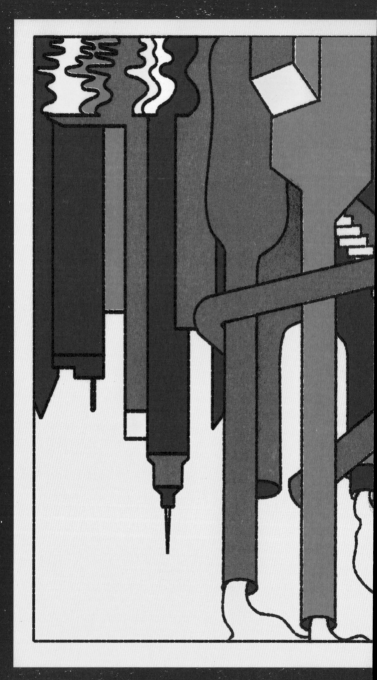

7
2000년 7월 4일

바깥 기온 29도. 뉴스에서는: 잡지 《워킹 우먼》에서는 미국 내 몇 가지 업종에서는 남자와 여자 사이의 임금 격차가 좁혀지고 있다고 보도한다. 레딩 경찰은 최근에 발생한 강력범죄에 대응하기 위해 우범지대 일대를 단속한다. 레딩 시 당국은 도심 일대가 황폐화되는 걸 방지하기 위해 노후화되고 버려진 건물들을 매입해서 철거할 예정이다.

바의 외부. 브루시가 담배를 피우고 있다. 한눈에 보기에도 약기운이 올라 있다. 크리스와 제이슨이 바에서 몰려나와 브루시를 지나쳐 간다. 멀리에서 페트병으로 만든 로켓[7]을 쏘아올리는 소리가 난다.

브루시   크리스! 크리스! 너네 엄마 안에 있니?

---

7   bottle rocket. 병 안에 물을 어느 정도 채우고 가열한 뒤 공기가 팽창하면서 물을 밀어내는 동력으로 날아간다.

크리스	아뇨, 근데 엄마 좀 내버려 둬요, 아빠하고 말하기 싫다잖아….
브루시	잠깐만. 너 시간 좀 있니?
크리스	아니, 빨리 가봐야 돼.
브루시	왜 그렇게 서둘러?
크리스	공장에서 무슨 일이 있대.
제이슨	크리스. // 가자.
브루시	잠깐이면 돼.
제이슨	야!
크리스	그럼 빨리—
브루시	혹시 돈 좀 꿔줄 수 있냐—
크리스	지금 나 바뻐.
제이슨	야! 쫌—
브루시	(미소를 지으며) 알았어, 근데 주머니에 손 넣는 데 오 초밖에 더 걸리니.
크리스	그게 근데 한 주 동안 일한 게 들어 있는 거라서.
브루시	제이슨 너는?
제이슨	미안해요, 아저씨.
브루시	다음 주에 연금이 좀 나오거든. 아직 수표가 안 왔어.
제이슨	안 돼요.
브루시	알겠다. 하지만… 잠깐, 잠깐, 잠깐만. 크리스? 안 되겠니?

크리스가 브루시를 안아준다.

크리스   십 달러예요. 더 이상은 안 돼.

브루시   그래 그거면 됐어. 고맙다.

크리스   저, 우리 정말 가봐야 돼.

브루시   왜 그렇게 서둘러? 무슨 일인데?

제이슨   몰라요, 근데 윌슨 말로는 이번 연휴 동안 라인
             세 개에서 장비를 뺐대요.

브루시   뭐?

제이슨   저도 몰라요. 제가 아는 건, 걔가 한 시간쯤 전에
             자기 사물함에서 뭐 꺼내려고 갔는데 기계가 하
             나도 없더라는 거예요.

크리스   사라졌어….

제이슨   개썹새끼들. 걔가 지금 여기저기 전화 돌리고 있
             어요.

브루시   그게 대체 무슨 소리야?

크리스   사라졌다고. 꺼내갔대. // 싹 다.

제이슨   거기 씨발 더이상 없다고요.

크리스   문에 공고문을 붙여놨더래. 내일 아침 출근 전까
             지는 아무도 모르게 한 거지.

제이슨   명단을 붙여놓은 건데, 저하고 크리스 이름도 거
             기에 있대요.

브루시   그게 무슨 뜻이겠니?

제이슨	모르겠어요. 이제 가서 알아내야—
브루시	비열한 개섭새끼들—
크리스	누구든 잡아서 조져버리고 싶게 만들어.
제이슨	공장에 가서 내 눈으로 직접 봐야겠어요.
브루시	네 엄마는? 이거 알고 있니?
크리스	모르는 일이길 바랄 뿐이야.

브루시가 다 안다는 듯이 웃는다.

크리스	뭐가 그렇게 재밌어요?
브루시	너 보고 웃는 거 아냐. 그냥 이런 소리 듣는 게 끔찍해서. 내가 너희들한테 조언을 할 처지는 못 되지만, 이건 그냥 시작일 뿐이야. 더 조여올 거다. 듣고 싶지 않겠지만, 작은 건 내줘.
크리스	무슨 말이야?
브루시	우리가 방직공장에서 파업 시작할 때도 크게 생각하고 시작한 거거든, 근데 그쪽에서는 우릴 그냥 내쫓아버렸어. 우리의 낙관은 무참하게 무너졌고 우린 다시는 돌아가지 못했지. 그리고 거의 이 년이 지난 지금, 우리가 할 수 있는 건 아무것도 없어. 그쪽에서 임시직들 데리고 오지 못하게 해— 싸워. 왜냐면 일단 임시직들이 들어오면, 너넨 끝이야. 무슨 말인지 알겠어? 육 개월 전만

해도 이런 말 안 했을 거야, 하지만 이게 진실이
야.

제이슨   휴, 제발 거기까진 안 가야 할 텐데요.

브루시   필요하면 무릎을 꿇어.

제이슨   … 자, 크리스, 움직이자.

브루시가 십 달러 짜리를 내민다.

브루시   자, 난 어떻게든 버틸 거야. 안 믿기겠지만, 너도
이거라도 필요하게 될 거다. 기계가 없으면 일자
리도 없어. 아주 간단한 산수야.

제이슨   아 // 씨발!

크리스   가자.

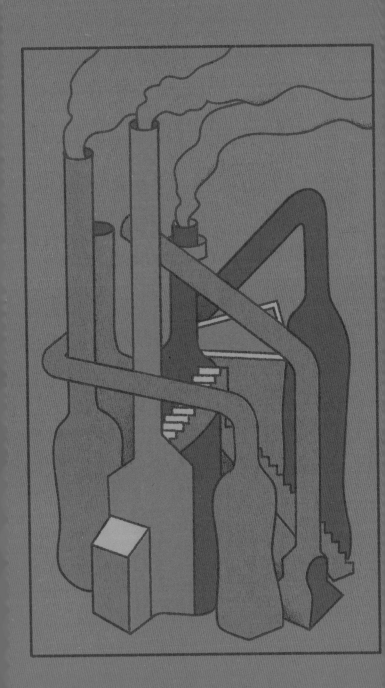

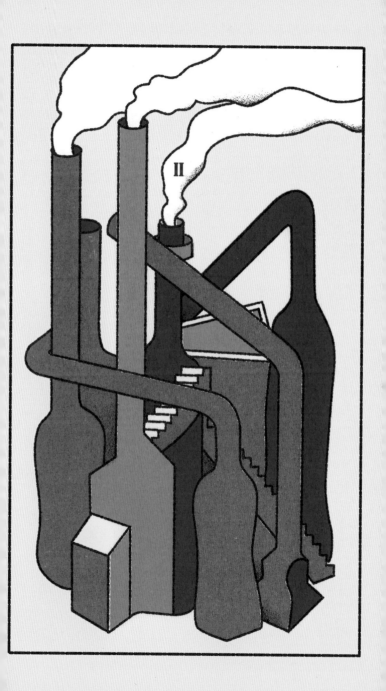

1
2008년 10월 13일

바깥 기온 26도. 뉴스에서는: 은행에 대한 정부의 긴급지원이 전 지구적으로 승인되었다는 뉴스가 나온 직후 다우존스지수는 사상 최고 수치인 916포인트 상승을 기록한다. 펜실베이니아 주의 버크 카운티에서는 요금 체납으로 인해 단전 조치를 당한 가구수가 전년도에 비해 111퍼센트 상승한다. 황량한 트레이시의 아파트. 재해를 당하고 나서 그나마 남은 것들마저 다 팔아치우고 난 현장처럼 을씨년스럽다.

트레이시   얘길 하자는 거니, 아니면 내가 네 앞에서 춤이라도 추길 기다리고 있는 거니?

제이슨   상당히 용기를 내서 벨을 누른 거야.

트레이시   딩동. 그게 그렇게 어려워.

제이슨   난 별로 오고 싶지 않았지만, 어쩌면 엄마는 날 보고 싶어할지도 모르겠다는 생각이 들었어. 마실 거 좀 없어?

트레이시	앉아도 된다고 누가 그랬는데?
제이슨	피곤해서 앉은 거야.
트레이시	너 얼굴에 그런 짓은 대체 왜 한 거니?
제이슨	그냥 문신일 뿐이야. 신경 꺼.
트레이시	글쎄, 멍청해 보여서 그런다.

트레이시는 제이슨에게 오 달러짜리를 내민다.

제이슨	이게 가진 거 다야?
트레이시	그래? 그럼 거기 놔두고 가. 그런 투정까지 감당할 여유 없어. 느닷없이 전화해서는 "엄마, 나 돈 필요해!" 그 전화 안 받으려고 했거든. 내가 안 받았으면 어떡하려 그랬니? 어? 그러면 어쩌려고 했어?

제이슨이 지폐를 살펴본다.

제이슨	내 참. 오 달러? 뭐야, 담배 세 까치하고 슬러피 하나? 아까 전화했을 땐 돈 있다 그랬잖아. 내가 이거 보고 여기까지 온 줄 알아? 아 씨발 진짜.
트레이시	불편을 끼쳐드려서 죄송하네. 내가 돈이 있긴 있었는데—
제이슨	하이고. 진짜?

사이. 트레이시가 심각한 약물중독자라는 게 분명해진다.

제이슨   얼마나 오래 한 거야?

트레이시   얼마나 오래 뭘?

제이슨   씨발 놀리지 말고, 무슨 말하는 건지 알잖아.

트레이시   네 입에서 그런 말이 나오니 웃긴다. 내 돈 내려
놓고 어서 꺼져.

제이슨   엄마 꼬락서니가 아주 끔찍해.

트레이시   내 꼬락서니가 그러니? 넌 최근에 거울 본 적 없
니?

제이슨   정말 이게 다야?

트레이시   그래. 내가 돈나무라도 키우는 줄 아니.

제이슨   뚱보 헨리가 엄마가 약쟁이가 됐다고 했지만 난
안 믿었어.

트레이시   뚱보 헨리한테 가서 지 할 일이나 잘 하라 그래.
난 허리병 때문에 그런 거야.

제이슨   아스피린으로는 안 되고?

트레이시   하, 하. 웃긴다. 넌 몰라. 넌… 하나도… 모른다
고!

제이슨   알았어!

트레이시   우리 볼일 다 봤니?

제이슨   …

트레이시   언제 갚을래?

제이슨	이 오 달러를 갚으라고?
트레이시	그래. 나도 필요해. 내일?
제이슨	아이고. 관둬. 너무 골아파진다.
트레이시	잘됐네. 이리 내놔.

트레이시가 안절부절 못한다. 약을 넣을 때가 된 것이다. 제이슨이 돈을 내밀자 얼른 낚아챈다. 절박해 보인다.

제이슨	으아, 몰골 좀 봐.
트레이시	뭐?!
제이슨	도대체 어쩌다 이렇게 된 거야?

신시아의 썰렁한 아파트. 신시아는 안절부절하면서 흥분한 채로 방으로 들어온다. 노인요양원 청소직원의 유니폼을 입고 있다. 바닥에 굴러다니고 있던 테이크아웃 음식 용기 두어 개를 집어든다.

크리스	아. 여기가 엄마 사는 데야?
신시아	응. 지금 내가 감당할 수 있는 건 이 정도야. 배고프니?
크리스	아니. 내 가방 어디에 내려놓을까?
신시아	아무 데나.

크리스가 주위를 둘러본다. 백팩을 내려놓는다.

크리스　　이사 갔단 얘기 없었잖아.

신시아　　안 했나?

크리스　　집은 어떻게 됐는데?

신시아　　융자 할부금 이런 게 늦어져서… 뭐 좀 마실래?

크리스　　아니.

신시아　　나왔단 얘기 왜 안 했어? 그 얘길 내가 소문으로
　　　　　　들어야겠니.

크리스　　그냥 시간이 좀 필요했어. 아직도 적응하는 중이
　　　　　　야. 아직 제정신이 아니야.

신시아　　나온 지 얼마나 됐니?

크리스　　육 주?

신시아　　전화는 왜 안 했어? 내가 데리러 갔을 텐데.

크리스　　모르겠어. 귀찮게 하기 싫어서.

신시아　　멍청한 소리 하지 마. 이제 여기서 지내.

크리스가 손에 성경을 든 채 머뭇거리고 있다.

신시아　　그건 뭐니?

크리스　　내 성경책.

신시아　　성경책?

크리스　　응, 성경책.

신시아	교회에 열심히 다닌단 얘긴 들었어.
크리스	무슨 말을 들었는지는 모르겠지만, 어쨌든 이 책이 날 살렸어.
신시아	좀 앉지 그러니? 그렇게 서성거리니까 신경 쓰인다. 앉아. 긴장 풀고. 집에 왔잖아.

크리스는 소파에 앉는다. 신시아가 미소를 띄우면서 어색한 분위기를 풀어보려고 한다.

신시아	좀 남자다워졌다, 응? 내가 마지막으로 보러 갔을 때보다 몸이 좀 불었어. 좀 달라보이네.
크리스	엄마도 그래. 잘 지내?
신시아	그럼. 그럼.
크리스	지내는 건 어때?
신시아	좋아 좋아.
크리스	음, 일해?
신시아	대학에서 몇 시간 일해. 청소. 주말에는 요양원에서도 일하고. 정리하는 일. 알잖니. 엄만 일하는 사람인 거. 가만 있으면 불안해져.
크리스	맞아. 여기저기 다녀봤는데… 스누키네 식당이 문을 닫았데.
신시아	응.
크리스	누굴 우연히 만났냐면… 어…

신시아	누구?
크리스	사람들.
신시아	지난 두어 달 동안 너 보러도 못갔다, 미안해. 비용이 너무 많이 들어서.
크리스	어.
신시아	너 언제 나오냐고 모두들 물어보더라. 넌 벌써 몇 년이나 달력에 엑스 자로만 있었는데. 그걸 볼 때마다 정말 미치는 줄 알았어. 세상에… 그 일 이후로. 난 정말…

신시아가 복받쳐 오르는 감정을 추스르려 애쓴다.

신시아	미안하다.
크리스	뭐가?
신시아	그냥, 내가 그때…

크리스는 신시아의 어깨에 팔을 두른다.

크리스	괜찮아. 괜찮아. 대단한 일처럼 생각하기 싫어. 그동안 어떻게 지냈는지 얘기해줘요. 옛날 친구들 소식 들어? 트레이시 아줌마는?
신시아	그년하곤 관계 끊었어. 그때 그 일 후로. 그후론 영—

크리스	들었지, 제이슨도 나왔다는 거.
신시아	그래? 언제?
크리스	몰라. 두어 달 됐나봐.
신시아	그 망할 자식. 걔가 무슨 할 말이 있겠니? 널이 지경으로 만든 게 걘데. 걔만 아니었음… 너는… 내 손으로 잡아죽이고 싶더라.
크리스	다 끝난 일이야. 그때 생각만 하면서 살 순 없어.
신시아	크리스, 난 아직도 그때 무슨 일이 있었던 건지 잘 모르겠다. 도대체 어떻게 된 거였니?

2
2000년 7월 17일

8년 전. 바깥 기온은 28도. 뉴스에서는: 연방 자격심사 가이드라인이 완화되면서, 레딩 주민들 중 좀 더 많은 이들이 학교에서 무상 혹은 할인된 가격으로 점심을 먹게 된다.

3M, 존슨앤존슨, 그리고 제너럴일렉트릭을 비롯한 여러 미국 회사들이 사내 리더십 개발 프로그램을 확장해서 소수인종 종업원들의 기회를 확대하고 있다.

바. 큰 소리로 다투고 있다. 크리스, 제이슨, 제시, 트레이시, 신시아, 스탠, 그리고 오스카가 바에 있다.

신시아   소리 그만 질러! 소리 그만 질러! // 소리 그만 질러!

트레이시   도대체 무슨 일이 진행되고 있냐고? // 사실대로 말을 해!

크리스와 제이슨, 제시 또한 소리를 높여서 언쟁을 벌이고

129

있다. 혼돈 그 자체다. 모두들 신시아를 질책하고 있다.

신시아   나한테 소리 지르지 마! 소리 좀 그만 질러. 들어
봐. 들어보라고. 내 말 좀 들어봐! 나도 애를…
나도 애쓰고 있다고.

트레이시   도대체 무슨 일이 벌어지고 있는 거야?!

신시아   내 생각에도 걔들이 터무니없는 짓을 저질렀어.
분명히 말할게. 나도 몰랐어. 너희들이 알았을
즈음에야 나도 알았어… 봐봐… 난 우리를 위해
싸우려고 그 안에 들어가 있는 거야.

트레이시   우리? 너 약속했잖아!!!

신시아   … 그 사람들이 기계의 절반을 빼낼 거라는 걸
내가 미리 알았더라면, 물론 너희들한테 말했겠
지. 하지만 나도 윌슨한테서 전화를 받기 전까지
는 모르고 있었어.

트레이시   그럼 왜 우릴 피해 다녔는데?

제이슨   그래요!

신시아   피해 다닌 게 아냐! 난 일하는 중이야. 그리고,
나는 관리직 중에 너희들한테 일부러 찾아와서
얼굴을 맞대고 있는 유일한 슈퍼바이저야.

트레이시   잘났어, 근데 이제 어떻게 할 건데?! 어?

신시아   나도 너희랑 마찬가지로 그 문제에 대한 답을 찾
는 중이야. 난 지금 회의에서 나오는 길인데…

제시	무슨 회의?

제시　　무슨 회의?

신시아　　난 사실 너희들하고 이렇게 만나는 것도 금지돼 있는 몸이야.

트레이시　그 사람들이 널 이리로 보냈니?

신시아　　멍청이 같은 소리 하지 마, 내 근무시간은 끝났어. 내가 지금 여기 와서 이 문제로 얘기하고 있는 걸 그 사람들이 알면 당장 잘릴 거야.

트레이시　근데 네가 지금 하고 있는 얘기는 하나도 이헬 못하겠는 걸.

신시아　　좋아, 너희들은 이 얘길 좋아하지 않겠지만, 저 사람들은 이 일을 노사 계약을 재협상하는 기회로 삼으려고 들 거야.

트레이시　뭐? 언제부터?　　제시　씨발 내가 그럴 줄 알았어.

신시아　　듣기로는, 엄청난 양보를 얻어낼 때까지 밀어붙일 거래. 저 사람들은 싸울 준비가 다 돼 있어.

제이슨　　좆까라 그래요.

크리스　　안돼요.　　트레이시　우리도 마찬가지야. 그 사람들한테 가서 안 된다 그래. 그럴 수는 없어.

트레이시　우리도 기꺼이 파업에 돌입할 수 있어.

크리스　　안 돼요!　　제이슨　씨발, 합시다.

트레이시 개들이 원하는 게 뭐래? 기계 빼내간 걸로 충분하지 않대? 잔업특근 시키는 건 꿈도 꾸지 말라 그래.

크리스 좆까라 그래요. **트레이시** 우린 노새가
난 못해. 아냐. 안 해!
우린 못해….

제시 안 되지. **제이슨** 좆 같은 소리 하지 말라 그래요.

신시아 분명히 반발이 있을 거라고 내가 그 사람들한테 얘기했어. 지난 사흘 밤 동안 한 잠도 못 자고 이 문제를 생각했어. 너희들에 대해서. 하지만, 너희들한테 있는 그대로 말할게. 그 사람들은 지금 인력 부문을 주목하고 있어. 특히 고임금자들.

트레이시 무슨 소리 **신시아** 넌 올스테드에서 오
를 하려는 래 일해왔고, 그 사람
거야? 들은 이제 더 이상 그
짐을 지고 싶어하지
않는다는 거야.

집합적인 반응.

제시 오, 우리가 이젠 짐이라고?

| 제이슨 | 우리가 씨발 짐이 | **크리스** | 우아! 우아! |

라고요?

| 신시아 | 그 빌어먹을 나프타 덕에, 이제 그 사람들은 당장 내일 아침에라도 공장 전체를 멕시코로 옮길 수 있게 됐어. 거기 가면 너 같은 여자들이 지금 네가 받는 임금의 일부만 받고도 기꺼이 하루 열여섯 시간씩 서서 일할 준비가 돼 있어. |

트레이시 흥. 그렇겐 못할 걸.

제시 왜 하필 지금?

제이슨 노조에서 가만히 안 있을 걸.

크리스 레스터가 지금 대응책을 마련하고 있어.

집단적인 반응

신시아 문제는 뭐냐면, 노조는 여기에 대해서 할 수 있는 게 얼마 없다는 거야.

| 제시 | 뭐라고? | **크리스** | 어떻게 그게 가능해? |

신시아 기계는 이미 사라졌어. 다신 돌아오지 않을 거야.

| 제시 | 어디로 갔는데? | **크리스** | 정말 좆같이 됐네. |

집단적인 반응

신시아	하지만, 우리가 이 과정을 잘 넘기면 지금 남은 사람들의 자리는 보호할 수 있어. 그게 지금 중요한 지점이야. 우리들 중 누구도 다른 데 가고 싶어하지 않아. 하지만 현실적으로 생각해보자고, 너희만 지금 이런 문제에 부닥친 거 같아? 클레몬스에서 벌어진 일을 봐. 노조에서 강경대응을 한 결과 어떻게 됐는지를 보라고. 그 사람들처럼 실업자 대열에 참여하고 싶다면, 그렇게 해봐. 하지만, 내 말 좀 들어봐—

트레이시 쫌.　　**제시** 도대체 왜 이런 일이 벌어지는
　　　　　　　　　　　　건지 이해가 안 돼.

신시아 나도 애쓰고 있어—

제시 우린 열심히 일하　　**제이슨** 그 사람들은
고, 우리 공장은　　　　　왜 하고 싶은 말이 있으
돈을 벌고 있어.　　　　면, 그냥 직접 말을 하
　　　　　　　　　　　질 않는 거예요!

크리스 얘길 좀 들어봐요. 얘길 좀 들어보자고요. 엄마,
그 사람들이 우릴 내쫓으려고 하는 거야?

신시아 그 사람들 입장에서는 우리가 자고 있을 때 기계
들 분해해서 몰래 빼내는 게 얼마나 쉬운 일인지
벌써 봤잖아.

제시 // 기계가 어디로 간 거야?

신시아   장담하는데, 아마   **크리스**   으와, 개새끼
멕시코에 가 있을   들.
거야.

신시아   경영진에서는 여기에서 공장을 운영하는 게 너
무 비용이 많이 든다는 거야. 나는—

제이슨   그렇게 소중한 공장을 위해서 왜 자기네 임금은
안 깎는대요?

크리스   내 말이!

신시아   왜냐면 그렇게 할 생각이 없으니까, 게다가 해결
방법을 알고 있으니까. 만약 너희가 그쪽의 요구
사항에 타협을 하지 않으면, 그 사람들은 짐 싸
서 튀어버릴 거야. 그렇게 하면 아예 너희들하고
얼굴을 마주보지 않아도 될 테니까.

제이슨   말도 안 되는 소리 하지 마세요.

신시아   나는 지금 진행되고 있는 일에 대해서 얘기해주
고 있을 뿐이야. 지금 같아선 나도 이런 좆 같은
일 하고 싶지 않아. 하지만, 내가 지금 관둬버리
면, 너희한테는 아무도 없어. 나도 별로 할 말은
없지만, 그래도 최소한 너네 편이야.

트레이시   그러면 그런 것처럼 행동을 해. 넌 그 사람들이
내놓는 것하고 하나도 다르지 않은 말도 안 되는
변명만 늘어놓고 있어. 우린 친구잖아!

신시아   …자기야, 난 내가 할 수 있는 일은 다 하고 있

어. 난 네가 나한테 이 이상 뭘 바라고 있는지 모르겠다?

트레이시 우릴 위해서 싸워!

제이슨 그래요!

신시아 그게 그렇게 쉬운 거 같아?

트레이시 우리들 생각은 다 같애. 분명히 해!

신시아 …

크리스 엄마?!

트레이시 신시아!

제시 그냥 정말 진실을 말해줘!

크리스 물러서서 좀 들어봐요.

신시아 쉽지 않을 거야. 어떤 식으로 전개될지는 얘기해 줄 수 있어. 그자들은 일자리를 살리기 위해서는 모든 사람들이 임금삭감을 받아들여야 한다고 말할 거야. 60퍼센트.

트레이시 뭐라고?

크리스 60퍼센트?　　　**제시**　60?!

제이슨 무슨 말도 안 되는 소리?

신시아 그 다음엔 복지혜택을 축소하겠다고 들 거야. 난 지금 있는 그대로 말하는 거야. 가감없이. 그리고 그 사람들은 근무시간을 늘리라고 할 거야. 협상의 여지를 약간은 줄 것이고, 그러면서 너희들이 항복할 때까지 기다리겠지. 그렇게 되면 너

희들은 그래도 작은 승리를 거뒀다고 생각하게
될 것이고.

트레이시 대체 무슨 소리를 하는 거야?

신시아 레스터한테 물어봐. 그 사람이 노조 대표니까.
지금 그 사람들하고 협상 중이야.

트레이시는 눈물을 삼키려고 애쓴다. 제이슨이 그녀를 위로
한다.

제이슨 그자들이 이런 식으로 나올 수는 없어요!

크리스 말도 안 돼!

제이슨 만약에 우리가 싫다고 하면요?

크리스 에!

신시아 너희들은 지금 독사들을 상대하고 있어. 판국이
바뀌었다고! 싫다고 하면 집단해고를 감행할 거
야. 그리고 일단 해고를 시키고 나면 절대 다시
받아들이지 않을 거고.

트레이시 좆까! 그놈들도 좆까라 그래! 나는 싸워보지도
않고 물러서지는 않을 거야. 그 개자식들한테 가
서 그렇게 말해. 내가 그놈의 공장을 불질러버리
고 나서 죽어버릴 거라고.

제이슨 좆까라 그러세요!

크리스 말.

불만의 목소리가 일제히 터져나온다.

신시아   이제들 알았지. 투표가 있을 거야! 결정해!

정적

3
2000년 8월 4일

바깥 기온은 27도. 부분적으로 흐리고 쾌적한 날씨. 뉴스에서는: 공화당 대통령 후보인 조지 W 부시는 전당대회를 끝낸 후 기차를 타고 중서부 유세에 나선다.

바. 신시아가 홀로 테이블에 앉아 있다. 스탠이 술을 따라준다.

신시아　　파나마 운하를 통과하는 크루즈 여객선. 거기가 내가 지금 있고 싶은 덴데. 풀장에, 피나 콜라다를 손에 들고. 알딸딸해져서 행복하게.

스탠　　　물에서는 상쾌한 바람이 불어오고. 생일을 보내는 방법으로는 나쁘지 않지.
　　　　　　괜찮아? 너무 덥지 않아? 에어콘 좀 돌릴까?

신시아　　아니, 괜찮아요.

신시아가 주위를 돌아본다.

신시아	사실은 걔들이 나타나줬으면 하고 바랐어. 이거 하나는 우리가 항상 같이 하던 거잖아.
스탠	걔들 비난할 수 있겠어?
신시아	나한테 선택의 여지나 있는 것처럼 말하네.
스탠	그냥 하는 소리야.
신시아	쯤, 그렇게 쳐다보지 좀 마요.
스탠	쉽지 않은 일일 거 같애.
신시아	안 쉬워… 뭐가 제일 엿 같은지 알아요? 내가 처음 공장에서 일하기 시작했을 때는 무슨 회원제 클럽에 초대받은 거 같았거든요. 우리 흑인들 중에서는 거기서 일하는 사람이 많지 않았으니까. 우리만. 그래서 작업복을 입으니까 내가 뭔가를 성취했다는 느낌이 들더라고요. 난 자리를 잡았구나. 그리고 나서 노조원 신분증을 받아들었을 때, 아무도 나한테 함부로 할 수 없었어요. 어떤 때는 쇼핑을 가서 일부러 지갑에서 그걸 흘려서 카운터 위에 떨어뜨리기도 했어요. 거기 사람들이 볼 수 있게. 그 정도로 자랑스러웠어요.
스탠	그 기분 나도 기억하지.

신시아가 미소를 짓는다.

| 신시아 | 맞아. 그리고 우리 식구들 중 누구도 현장 라인 |

위로 올라가보지 못했어요.

스탠 // 그렇지…

신시아 난 이 자리를 정말 원했어요. 공장에 들어간 이후로 늘. 관리자들은 퇴근할 때도 출근할 때와 똑같이 깨끗한 상태로 나가는 걸 봤어요. 누구도 건드릴 수 없는 존재들처럼 보이더라고요.

스탠 지낼 만해?

신시아 거지 같애요. 스탠, 난 친구들을 내쫓았어요. 열심히 설명하고, 싸우고, 애원도 했지만. 하지만 위층의 그 비겁한 인간들은 아무도 건물에 들어올 수 없다는 공고문을 날 시켜서 붙였어요. 35도 날씨였는데. 문가에 서서 화가 잔뜩 나 있는 뚱뚱한 남자가 자물쇠를 바꿔다는 모습을 지켜봤어요. 공장을 폐쇄한 거죠. 난 그 자들이 이런 걸 시키려고 날 승진시킨 게 아닌가 싶어요. 나한테 공격을 집중시키고 자기들은 에어콘이 빵빵하게 돌아가는 사무실에 가만히 앉아 있는 거지. 그렇게 오래 같이 일한 사람들한테, 이제 더 이상은 들어오지 못한다고 통보하는 기분이 어떤지 알아요? 한 주도 넘게 잠을 못 잤어요.

스탠 당신 혼자만 그런 건 아니잖아.

신시아 난 무서워요, 스탠. 집 융자금도 내야 하고, 자동차 할부금도 내야 하고, 그리고 브루시가 실직하

고 나서 어떻게 됐는지도 봤잖아요. 난 절대 그
렇게는 안 될 거야. 그러기엔 너무 열심히 일했
어. 내 말이 틀렸어요?

스탠 에효.

신시아 알아. 알아요. 하지만 내가 어떻게 할 수 있었겠
어? 말해줘봐요! 회사에서는 타협안을 내밀었
어요. 노조에서는 투표로 거부했고. 내가 그런
게 아니라고!

스탠 내가 뭐라고 해줬으면 좋겠어, 자기야? 그 사람
들은 내 친구들이야.

신시아 우리 친구들이지.

스탠 그렇다면 지금 그 친구들이 어떤 기분일지 생각
해봐. 어떤 친구들은 내가 너 술 따라주는 것조
차도 마음에 안 들어 할 거야.

신시아 나는 내 인생의 절반을 현장 라인에서 보냈어요.
내 아들은 거기서 태어난 거나 마찬가지고. 그러
니 내 앞에서 누가 더 현장 사람인가 따질 생각
은 하지 마요.

스탠 좋아, 나는 입 다물고 있을게, 하지만 다른 사람
들은 자기들 말 하고 싶은 대로 할 거야.

신시아 나는 사람들이 그 타협안을 받아들일 줄 알았어
요. 나라고 뭐 그게 마음에 드는 줄 알아요? 난
내 손으로 내 아들을 내쫓았어요. 내 아들을. 그

아이가 상처받는 얼굴을 봤어요. 하지만 진실을 알고 싶다면, 이게 바로 진실이에요, 그리고 아마도 이게 최선일 것이고. 안 그래요? 걔는 이 일 덕분에 마침내 이 싱크홀에서 빠져나갈 수 있을 거야.

신시아는 생각을 마무리짓지 못한다. 그리고 이 모든 일이 너무나 어렵다고 생각한다. 스탠이 그걸 느낀다. 한 잔 더 따라준다.

스탠   상황이 그자들이 주도하는 대로 흔들려버린 게 당신 잘못은 아니지. 당신 같은 직책에 있는 대여섯 명하고 얘기를 해봤어. 내 사촌이 클레몬스에서 일하는데, 거기선 사백 명을 정리해고 했다더군. 그렇게 간단하게, 어느 날 하루는 아무 문제 없는 인생이었는데, 바로 그 다음날에는 물속에서 허우적거리게 되는 거야. 클레몬스! 우리 같은 사람에게 일어나서는 안 되는 일이었는데, 하지만 덕분에 술은 자주 부어주게 되네. 술장사는 잘돼. 당신 혼자만 헤매는 건 아냐.

신시아   도대체 무슨 일이 벌어지고 있는 거죠, 스탠?

스탠   모르지. 알 수가 없어. 근데 정치가들이 나와서 헛소리하는 거 듣고 있으면, 저 자들은 자기들이 타고 다니는 차의 창 밖에서 무슨 일이 벌어지고 있는지 전혀 모르고 있다는 생각이 들어. 아무튼 한 달쯤 전에, 앞으로는 투표 안 하기로 마음 먹었어. 어떤 끈을 잡아당기든 다 실망이긴 마찬가지야.

신시아　(감정이 북받쳐서) 아멘. 칠 개월쯤 전에 있었던 일 기억나요? 프레디 브루너가 자기 집에 불질렀던 거?

스탠　물론이지.

신시아　그땐 우리 모두 프레디가 미쳤다고 생각했었지.

스탠　그랬지.

신시아　이제 보니 아니었어요.

트레이시와 제시가 들어선다. 신시아를 보고 멈칫한다. 그들 사이의 긴장이 분명히 드러나 보인다.

트레이시　(중얼거린다) 개 같은 배신자.

신시아　뭐라 그랬어?

트레이시　개 같은 배신자라 그랬다.

제시　친구들한테 똥물을 끼얹은 소감이 어때?

신시아가 자리에서 일어선다.

신시아   (스탠에게) 갈게요.

트레이시 그렇지. 도망쳐.

신시아   도망치는 게 아냐. 자리를 뜨는 거지. 그 둘 사이
        엔 차이가 있어, 헷갈리지 마. 너희들은 타협안
        을 받을 수도 있었어.

트레이시 무슨 타협안?! 내가 여태 일해온 목표를 고스란
        히 내어주느니 쫓겨나서 노조 구호품을 받는 편
        이 차라리 나아. 진실은 그거야.

제시   넌 정말 나쁜 짓을 한 거야!

트레이시 그놈들은 우리한테 어떤 선택의 여지도 남겨두
        지 않았어! 그렇게 오래 거기서 일했는데.

신시아   자기야, 나는 소식을 전했을 뿐이야. 내가 그 정
        책을 만든 건 아냐.

제시   (소리 지른다) 넌 우리 편에 서 있어야 하는 거
        잖아!

신시아   (마주 소리 지른다) 그랬어!

트레이시 공장까지 걸어올라갔는데, 그렇게 오래 일한 그
        건물에 들어가지도 못한다는 소리를 듣는 심정
        이 어떤지 알아? 심지어 내 사물함에 가서 내 물
        건들을 가지고 나오지도 못해. 내 남편 사진들이
        거기에 있어. 우리 할아버지 공구상자도 거기에
        있고.

신시아   그것들은 내가 가져다줄게, 자기야.

트레이시	거기 있는 내 물건들 손도 대지 마! 그자들은 우리가 품위 있게 마지막 정리를 하게 할 정도의 예의도 없는 것들이야. 문짝에 공고문 한 장 붙여놓고, 그게 도대체 뭐야? 그리고 그 앞에 서 있는 네 모습. 난 그 자리에서 돌아버리는 줄 알았어.
신시아	너한테 미리 얘기했잖아. 나도 그러기 싫었어.
트레이시	난 너와 눈을 마주보려고 했어. 뭔가를 좀 보여줘, 신시아. 잠깐이라도, 괜찮아질 거라는 신호로, 하지만 넌 날 쳐다보지도 않으려고 했어.
신시아	자기야, 난 아주아주 곤란한 위치에 있어. 사람들한테서 지금까지 욕 먹은 것만으로도 심장이 멎을 지경이야. 난 할 수 있는 한 최선을 다해서 버티고 있을 뿐이야.
트레이시	난 이제 씨발 어떻게 해야 되니? 어? 전화라도 해줄 수 있었잖아. 미리 귀뜸이라도 해주고. 아 정말. 이제 어쩌란 말야? 누가 날 고용하겠어?
신시아	알아, 힘들다는 거, 자기야. 타협안을 받아.
트레이시	**싫어! 안 들리니?**
제시	아저씨, 맥주 하나 줄래?
스탠	그러지.
트레이시	엊그저께 노조 사무실에 갔었어. 그 사람들이 나한테 뭘 줬는지 알아? 식료품을 담은 봉투 하나

하고 슈퍼마켓에서 쓸 수 있는 쿠폰 좀 주더라. 버티래, 도와주겠다고. 그래, 씨발 내 청구서들 좀 대신 내줘. 그게 도와주는 거야. 근데, 그거라도 받으려고 거기에 줄 서 있는 사람들이 얼마나 많았는지 아니? 난 너와 눈을 마주치려고 했어. 뭐라도 좀 달라고, 신시아. 정말 수치스러웠어.

신시아   미안해.

트레이시   내가 그걸 가지고 뭘 할 수 있겠니? 어? 그거 가지고 내가 뭘 했으면 좋겠니? 너 이거 아니? 지금 내가 한 주 만에 처음 집 밖에 나온 거야. 아침에 일어났는데 갈 데가 없는 게 어떤지 알아? 난 한 번도 그런 기분을 느껴본 적이 없어. 난 노동자야. 난 돈 세는 걸 배운 무렵부터 줄곧 일을 했어. 그게 나야. 그런데 이제 아예 밖에 나갈 생각도 안해, 왜 그런지 알아? 돈을 쓰기 싫어서야. 왜냐면 실업수당이 끊기고 나면 땡전 한 푼 없을 거거든. 그래서 아무 데도 안 가. 오늘도 제시가 전화하지 않았으면 소파에 앉아서 나 자신에 대해 비참해 하면서 망할놈의 손톱끝이나 뜯고 있었을 거야. 넌 여기에 왜 왔어? 어? 원하는 게 뭐야?

신시아   오늘 내 생일이야. 그리고 우린 항상 여기서 축하모임을 했고.

사이. 트레이시가 담배에 불을 붙인다.

트레이시 너 스물다섯 살 생일에 애틀랜틱시티에 갔던 거
기억하니?

신시아 그래. 행크가 아프기 전이었지.

트레이시 아이들, 제이슨하고 크리스가 꼬마일 때였지. 우
리 네 사람. 너, 브루시, 나 그리고 행크 이렇게
갔지. 돈을 펑펑 썼어, 수이트 룸을 잡아놓고.

신시아 당연히 기억하지… 권투시합 보러 갔었지. 래리
홈즈.

트레이시 맞아. 행크 친구 중에 도박사가 있었어. 권투시
합이 끝나고 나서 비밀클럽에 우릴 초대했지. 아
주 호화로운 방이었어. 샴페인에 뷔페에, 층층이
쌓아올린 해산물 접시에, 없는 게 없었어. 정말
고급스러웠어.

신시아 그 얘기는 왜 꺼내는 거야, 트레이시?

트레이시 그때 브루시는 크랩스 게임을 했는데, 주사위 던
지는 게 완전 프로 같았어. 정말 운이 좋았지. 운
이 뚝뚝 흘러 떨어졌어. 쌓여 있는 칩들이 브루
시한테로 뛰어드는 것 같았지. 그리고 내 기억
엔, 심지어 그날 밤엔 생긴 것도 잘 생겨 보였어.

신시아 그래, 그랬지.

트레이시 그때 그 여자애가 나타났지.

신시아   야, 그만—

트레이시   그래. 그 기집애. 다리, 엉덩이, 가슴이 골고루
          발달한 애가, 아주 보란듯이 흔들어대면서 한 바
          퀴 걷더니 브루시 옆에 자리를 잡았지—

제시   자릴 잡아?

트레이시   가슴이 어마어마하게 큰 애였어, 드레스는 눈에
          들어오지도 않을 정도였으니까. 난 레즈비언이
          아닌데도, 걔 가슴에서 눈을 뗄 수가 없었어.

신시아   그 얘긴 왜 꺼내는 거야?

트레이시   그 여자애는 발정난 상태였어. 브루시의 어깨에,
          이렇게, 더할 나위 없이 부드럽게 손을 얹더라
          고. 난 신시아를 건너다 봤지—

신시아   하지 마—

트레이시   그랬더니—

신시아   안 돼—

트레이시   얘가—

신시아   제발 좀—

트레이시   그 표정을 짓고 있더라고. 석기시대. 선사시대.
          티렉스. 난 그게 뭔지 알지, 브루시도 그게 무슨
          뜻인지 알고, 근데 그 기집애는 모르는 거야. 가
          슴을 이렇게 앞으로 쏟아놓으면서 브루시의 귀
          에 대고 뭔가를 속삭이더라고. 너는 아무 말도
          하지 않고 그 여자애의 젖퉁이를 꽉 잡더니 있는

151

	힘을 다해 손톱을 박아넣었지.
신시아	맞아, 그랬어.
스탠	후아.
신시아	테킬라를 몇 잔 마셨거든. 그 가짜 젖통에서 바람을 빼버리고 싶었어. 손톱으로 구멍을 내 가지고.
트레이시	정신을 차리고 보니까, 신시아가 바닥에서 뒹굴고 있더라고. 다 큰 두 여자가. 눈 뜨고 보기 어려운 광경이었지. 넌 프로레슬링 선수처럼 싸우고 있었어.
스탠	휴. 애틀랜틱시티. 내가 그래서 거길 안 가는 거야.
트레이시	하지만, 이런 생각하던 건 기억나. 과연 내 친구야. 절대 만만치 않지. 쟤 함부로 건드렸다간 큰코 다치지. 자기가 사랑하는 걸 위해서라면 아무리 하찮고 추해 보이게 되더라도 싸움을 마다하지 않지. 과연 내 친구. 그리고 나는 그렇게 싸울 줄 알았던 신시아가 그리워.
신시아	나한테서 원하는 게 뭔데, 트레이시?
트레이시	우리와 함께 행동해.
제시	우리랑 같이 싸우자.
신시아	난 그렇게 할 수 없어.
제시	야.
신시아	난 그 라인에서, 그 똑같은 라인에서 열아홉 살

때부터 일했어. 나한테 위협이 될 수도 있는 머저리들, 더 고약하게는, 인종차별주의자들로부터 명령을 받아가면서. 그래도 그 라인을 지켰어. 꾹꾹 참으면서 벗어날 날만을 기다렸지. 아마 이해가 안 갈 거야, 하지만 내가 지금 내 자리를 박차고 나가는 순간, 난 일자리보다 더한 걸 포기하는 거야. 단 한 번의 기회를 기다리면서 라인에서 버텼던 그 모든 시간을 포기하는 거야.

트레이시   우리가 널 안 됐다고 생각했으면 좋겠니?

신시아   … 네가 이해해주리라고 기대하진 않아. 넌 내 입장이 어떤 건지 몰라. 난 그 오랜 시간 동안 라인을 벗어날 날만을 바라보면서 온갖 수모를 감수하고 열심히 일했어. 이기적이라고 해도 좋아, 신경 안 써, 욕하고 싶은 대로 다 해도 좋아, 하지만 이건 기억해둬. 우리 중 한 사람은 뒤에 남아 버티고 서서 싸워야 한다는 거.

바깥 기온 17도. 뉴스에서는: 퍼스트레이디 힐러리 로댐 클린턴은 뉴욕 주 상원의원 선거 여론조사 결과 릭 라지오에게 우세를 점하고 있다. 미국의 비너스와 세레나 윌리엄스 자매는 시드니 여름 올림픽의 테니스 여자 복식에서 금메달을 딴다. 레딩에서는 세 명의 멕시코 이민 노동자가 탄 자동차가 나무를 들이받으면서 모두 사망하는 사고가 일어난다.

바. 브루시가 테이블에 앉아 있고, 스탠은 바 뒤에 서 있다. 브루시는 부시시한 차림새다. 약을 한 상태다. 크리스와 제이슨이 우당탕 들어온다. 에너지로 가득차 있다.

제이슨　듣고 싶지 않아. 누가 뭐래든 상관없어, 리듬체조는 스포츠가 아냐!

크리스　네가 직접 발가락 끝으로 공을 한번 받아봐, 그리고 그때 가서 그게 스포츠가 아니라고 말을 하라고.

스탠　　　크리스.

스탠이 테이블에 찌그러져 있는 브루시를 가리킨다.

크리스　　(안심한 듯이) 아이구 참 아빠 옷이랑 좀 봐. 그
　　　　　동안 어디 있었어요? 내가 온사방에 전화 했잖
　　　　　아. 아 정말, 어디 있었어?

브루시　　됐고. 지금 여기 있잖아. 잘 지냈냐?

크리스　　제이, 나 맥주 한 잔 시켜줘.

제이슨　　그래. (걱정스럽다) 브루시 아저씨, 안녕하세
　　　　　요? 괜찮아요?

브루시　　내가 괜찮지 않을 이유가 뭐냐?

크리스　　// 아 정말.

브루시　　잘 버티고들 있는 거냐?

제이슨　　아시잖아요. 일하던 게 그리워요. 돈도 다 떨어
　　　　　졌고요. 근데 레스터 말로는 다 잘 풀릴 거래요.

브루시　　그런 얘기는 나도 전에 들어봤지.

제이슨이 브루시를 향해 다가온다.

제이슨　　아저씨, 사람들이 모두—

브루시　　난 잘 지내. 한 걸음 물러서.

제이슨　　알았어요. 알았어요.

제이슨이 바 쪽으로 간다.

크리스   아빠 그러면 안 되죠. 그냥 사라져? 나 좀 봐봐.
         그동안 어디 있었는데?

브루시   여기저기.

크리스   엄마가 말은 안 하지만, 얼마나 걱정했는데.

브루시   하, 니네 엄만 걱정을 표현하는 방식이 좀 독특
         하지.

크리스   한 달 동안 아빠를 본 사람이 아무도 없었잖아.
         무슨 일이에요? 왜 그래? 피케팅도 안 하는 거
         야?

브루시   …그래.

크리스   아빠! 아빠한테 묻고 있잖아! 그동안 어디 있었
         냐고?

브루시   어, 지금은 니네 삼촌네 집에 얹혀 있어.

크리스   정신 좀 차려요! 언제까지 이러고 지낼 거야.

브루시   나도 노력 중이야. 야, 그렇게 쳐다보지 좀 마.
         나도 노력하고 있어. 알겠니?

크리스   …

브루시   나도 노력하고 있다고.

크리스   아빠 약 했어?

브루시   난 성인이야. 누구한테 일일이 보고할 필요 없
         어. 특히 너한테는, 인마! 그러니까, 저리 비켜.

크리스   나한테 할 얘기가 그게 다야? 그럼 가서 좀비처
          럼 살어, 나도 씨발 신경 안 써.

크리스는 바로 가서 앉는다.

제이슨   냅둬.

사이

브루시   야, 크리스. 내가 이 꼴 당하러 여기 온 줄 아니.
          그러지 마.

크리스   도대체 무슨 일이야? 얼 아저씨하고 손더스 아
          저씨, 두 사람이 다 나한테 전화를 했어.

브루시   몰라. 두어 주 전에 무슨 일이 있었는지 얘기해
          줄까?

크리스   있잖아, 나 이제 // 아빠가 꾸며내는 얘기 듣고
          싶지 않아—

브루시   크리스… 제발! 크리스!

크리스가 브루시에게 다가간다.

크리스   뭐?

브루시   늘 하던 것처럼 내 순서가 돼서 피케팅을 하고

있었어. 그런데 비가 오기 시작한 거야. 순식간에 퍼붓는데, 사람들이 다 비를 피하러 튀었지. 근데 나는⋯ 나는 그냥 거기에 서 있었어⋯ 움직일 수가 없었어. 온몸이 완전히 흠뻑 다 젖었어. 그래도 여전히 움직일 수 없더라. 그리고⋯ 마침내 누군가가 와서 날 텐트로 끌고 갔지. 몸을 말리라고. 그런데 내 온몸이 떨리기 시작하더니, 멈출 수가 없는 거야. 무서웠어. 그렇게 통제 불능인 것 같은 느낌을 받아본 건 어머니 돌아가신 후로 처음이었어.

크리스   괜찮아? 그놈들한테 이렇게 허물어지지 마.

브루시   ⋯

크리스   내 말 들어?

브루시   그래. 그래. 난 괜찮다. 한 잔 사줄래?

크리스   ⋯ 응.

브루시   고맙다. 고맙다.

크리스가 바로 간다. 스탠이 맥주를 부어준다.

브루시   그리고 너희⋯ 너흰 괜찮니?

크리스   어려워. 그놈들이 우릴 시험하고 있어. 사람들이 모두 엄청 열받고 있어.

제이슨   돌아버리겠어요!

크리스	공장으로 들어가는 사람들 보고 있으면 가서 두들겨 패고 싶어—
제이슨	(주먹을 쥐며) 좆 같은 개새끼들!
브루시	내 알지. 그런데 그건? 학교는 시작했니?
크리스	아니. 등록 안 했어.
브루시	왜? 엄마는 뭐라니?
크리스	엄마하고 요새 좀 그래. 그래서—
브루시	엄마한테 말을 해.
크리스	왜요? 엄마가 뭐라고 할지 아는데. 하지만, 아빠 내 맘 알잖아, 안 그래?
브루시	…
크리스	알지? 게다가 지금 이 난장판 때문에 등록금을 마련하지도 못 했어. 주머니 사정이 안 좋아. 지난 여름에 두 타임 뛸 걸로 계획하고 거기에 맞춰서 계획을 세워두고 있었거든.
브루시	크리스, 난 널 도와줄 형편이 못돼 // 나는—
크리스	아빠 도움은 기대도 안 해. 알잖아? 지금은 학교에 관심도 없어.
브루시	그리로 관심을 돌리는 게 좋아. 밖에 나와 있어보니까, 지금 벌어지는 일들 이거 심각하다. 너 정말 지금 이게 좋은 생각 같니?
크리스	이미 이렇게 흘러가고 있는 걸! 그리고 아빠야말로 나한테 항상—

브루시	그러냐 // 항상 뭐—
크리스	아빠가 나한테 돌 던지는 걸 가르쳐 줬잖아. 난 아빠가 처음에 피케팅 시작하던 날을 기억해.
브루시	그래, 해고되고 두 달째 되던 무렵이었지. 근데 그게 왜?
크리스	어느 날 밤, 집에 다들 모여서 회의를 했던 적이 있었잖아.
브루시	// 있었지—
크리스	열 명-열다섯 명 정도. 길거리에서 싸움이 났을 때처럼 시끄러웠어. 난 그때 복도에 숨어 있었어. 무슨 얘기를 하고 있는 건지는 모르겠지만, 곧 사태가 험악해질 거 같았거든—
브루시	바비 홀든이 절삭기에 손목이 날아간 때였지.
크리스	사측에서 요구사항을 들어주지 않으면 어떤 대책을 세워야 할지를 두고 모두들 고함을 지르고 있었어.
브루시	맞아.
크리스	그런데 갑자기 아빠가 일어섰어. 그순간 아빠는 다른 사람처럼 보였어. 마치 트랜스포머처럼 더 커 보였어. 그리고 아빠가 말을 시작하니까 모든 사람들이 정말 조용해지면서 고개를 끄덕이기 시작했어. 아빠는 그때 이렇게 말했어, 어… "우리… 우리는 그들이 우릴 때리도록 벗은 등을 내

밀고 있는 짓을 멈춰야 합니다."

브루시 내가 정말 그렇게 말했다고?

크리스 아무튼 그거 비슷했어. 몰라. 하지만, 그때 아빠 목소리에 불이 들어 있었던 것, 그리고 그때 내가 받았던 느낌은 기억해. 그 뒤에 학교 끝나고 난 다음에 아이들하고 같이 자전거를 타고 공장에 가서 아빠와 동료들이 피케팅 하는 걸 봤어. 그땐 아빠와 동료들은 전사들 같았어. 서로의 팔을 걸고 나란히 서 있는 모습이.

브루시 바비 홀든 그 놈—

크리스 그리고, 어제 피케팅 하면서, 또 우리가 그 공장을 계속 돌리려면 얼마나 많은 희생을 치러야 하는가에 대해 레스터가 연설하는 걸 듣는 동안 내 머릿속에 떠오른 건 오래 전 그날 저녁에 아빠가 했던 말들밖에 없었어. 아빠가 했던 말들! 굳건하게 서 있는다는 게 어떤 건지를 말하던.

브루시 너한테 이런 말하기 어렵지만, 나는 물론 마지막 순간까지 조합원일 거야, 하지만 이게 꼭 너의 싸움이 될 필요는 없어. // 너는—

크리스 하지만 이미 그런 걸. 나는 무책임한 날나리 개자식이 되고 싶진 않아! 저놈들이 원하는 게 바로 그거거든.

제이슨 맞아!

크리스	난 누가 뭐라고 하든 신경 안 써, 우린 같이 서 있을 거야. 그리고 저자들은 우릴 무너뜨리지 못할 거야!
제이슨	그럼, 물론이지!
브루시	너 같은 흑인 어린애한테 저놈들이 신경이나 쓰는 줄 아니? 내가 얘기해줄까? 저 놈들 눈에 넌 보이지도 않아!
크리스	내가 저놈들이 날 보게 만들 거야.
브루시	그래?! 그럼 그 태풍이 덮치고, 먼지가 모두 가라앉고 난 후에, 누가 널 일으켜줄 거 같니? 어?
크리스	…
브루시	너한테는 내가 가져본 적이 없는 선택의 여지가 있어. 난 학교가 항상 무서웠어. 정말 솔직하게 말하는 거다. 내가 할 말은 이게 전부야.

사이

브루시	내가 어디 가 있었는지 정말 알고 싶니?
크리스	…아니.
브루시	그럴 줄 알았다. 네가 원하는 것으로부터 물러서지 마. 피켓 라인은 점점 헐거워질 거야, 그다음엔 어떻게 될까? 그게 지금 내가 알고 싶은 문제야— 그래서 그 다음엔?

5
2000년 10월 26일

바깥 기온 22도. 뉴스에선: 학교에서 또 한 번의 총기사건이 있고 나서, 법무장관 재닛 리노는 "미국의 학교는 안전하다" 고 다시 한번 시민들에게 강조한다. 레딩에서는 소니 플레이 스테이션 2를 제일 처음으로 사겠다는 생각으로, 이백여 명이 대형전자상점 앞에서 밤을 지샌다.

바. 텔레비전이 켜져 있다. 제시가 테이블에 늘어져 앉아 있다. 스탠은 재고를 조사하고 있다.

오스카가 들어선다. 잠시.

스탠   그래서, 나한텐 언제 얘기하려고 했니?

오스카   뭘요?

스탠   ··· 너 피켓 라인을 넘어갔다면서.

오스카   누가 그래요?

스탠   넬슨이.

오스카   직장폐쇄 하고 나서, 직원들 내보낸 자리에 파트

타임 임시직을 구한다는 공고가 났어요. 지금은
아침에 두어 시간씩 할 수 있는데, 혹시 모르죠,
풀타임 자리가 나올지도.

스탠   조심해.

오스카 왜요?

스탠   왜요?! 지금 다들 격앙된 상태야. 그게 왜야.

오스카 아 그거요, 근데, 시간당 십일 달러를 주거든요.

스탠   알아. 네 입장에서는 혹하겠지만, 그 십일 달러는
결국 여기 노조원들 주머니에서 나오는 거나 마
찬가지야. 그 사람들이 그걸 좋아할 리가 없지.

오스카 글쎄요, 저도 그건 유감이에요. 하지만 그게 내
문제는 아니잖아요. 지난 이 년 동안 그 회사에
들어가려고 꽤나 애썼어요. 근데 매번 사람들한
테 물어볼 때마다 다들 날 밀쳐내기만 했어요.
그래서 지금 전 얼마든지 유연해질 준비가 돼 있
어요. 그 사람들은 그렇지 못하지만.

스탠   내 의견을 말해줄까?

오스카 저한테 듣고 말고 할 선택권이 있나요?

스탠   하지 마.

오스카 그거야 아저씨 의견이고요. 그럼 임금 올려주실
래요? 예?

스탠   그건 내가 아니라 하워드가 결정할 문제고. 나는
금고에 돈을 집어넣을 뿐이고, 거기서 꺼내는 건

내 일이 아냐. 하지만 내가 물어는 볼게.

오스카 거기선 제가 여기서 버는 것보다 시간당 삼 달러
나 더 줘요. 삼 달러. 제가 고등학교 졸업한 뒤로
받아봤던 중에 최고예요. 그러니 저로선 피켓 라
인 넘어가는 게 하나도 무서울 게 없어요. 그 사
람들이 아무리 절 위협해본들, 우리 동네 지나가
는 것보다는 덜 무서워요. 거친 세계라면 저도 좀
알아요. 땅바닥에서 구르는 거 무섭지 않다고요.

스탠 그렇다면 좋아. 하지만 넌 진짜 적을 만들게 될
거야. 네가 아는 사람들 중에서.

오스카 어차피 그 사람들은 내 친구가 아녜요. 그 사람
들은 날 찾은 적도 도와준 적도 없어요.

스탠 좋아. 하지만 다시 한번 말해두는데, 지금 상황
은 정말 심각하게 엉망진창이야. 두고 봐라, 여
섯 달 뒤면 저놈들은 너처럼 피켓 라인을 기꺼
이 넘어설 애들 한 그룹을 또 데리고 올 거야. 그
다음엔 어떻게 되는지 알아? 걔들한테는 시간당
십 달러를 줄 거야. 두고 보라고. 그때가 되면 너
도 자리를 잃고, 너랑 같이 싸워줄 사람을 찾게
될 거야. 하지만 아무도 그렇게 해주지 않을 거
야. 그리고, 내가 또 해줄 얘기가 있어. 우리 아
버지는—

오스카 예, 예—

스탠	어따 대고 "예, 예"야. 우리 아버지는 이 공장, 그리고 네가 그토록 목말라하는 그 복지혜택들, 임금, 휴가기간을 만들기 위해 사십이 년을 쏟아 부었어. 그리고 그게 제대로 이뤄지지 않을 땐 나서서 싸웠어. 그래. 그런데, 너는 지금 그 안에 들어가서 그 모든 걸 하루 만에 허물어버리려는 거야. 지금 바깥에 나와 있는 저 사람들은 절대로 그렇게 쉽게 물러나지 않을 거야.
오스카	왜 나한테 이런 식으로 나오세요? 아저씨한테 뭐라고 하는 게 아니잖아요. 전 그냥 돈을 벌겠다는 거예요. 그게 다예요. 지난 삼 년 동안 난 오로지 맥주상자만 나르면서 보냈어요. 방안 벽에다가는 이십 달러짜리를 붙여놓고, 제 서랍을 열면 성공비결 강의테이프가 한 가득이에요. 온갖 식물로 만든 행운의 향수도 한 병 가지고 있고, 소원을 비는 촛불은 스물네 시간 늘 피워놓고 있어요. 운이 필 날이 오기만 기다리고 있다고요. 다른 것도 아네요. 그냥 약간의 돈. 그게 다예요. 우리 아버지는 올스테드 같은 공장 청소부였어요— 거기 쎕새끼들은 아버지가 노조에 가입하지도 못하게 했어요. 그래도 아버지는 매일 새벽 네 시면 일어나서 나갔어요. 어떻게든 자리를 잡으려고요. 그게 미국식이잖아요. "언

젠가는 나를 받아주겠지." 하는 생각으로 그 망할 놈의 현장바닥을 쓸었어요. 난 우리 아버지가 어떤 심정이었는지 알아요. 사람들은 매일 여기 와서 나를 보지도 않고 지나치죠. 아무도 "안녕, 오스카"라고 말하지 않아요. 그 사람들이 날 보지 않는데 나라고 그 사람들을 봐줘야 할 이유가 뭐가 있어요.

스탠　무슨 말인지 알겠다. 그런데, 야, 진짜 그래야겠니? 다른 델 찾아봐, 올스테드 말고. 꼭 여기서 그래야겠니.

오스카　내가 정말로 하기 싫은 게 뭔지 아세요? 바로 이거예요.

오스카는 과장된 몸짓으로 에이프론을 두른다. 그러고는 맥주상자를 들고 뒤껼으로 나간다. 트레이시가 추레한 차림으로 서둘러 들어온다. 바의 끝자리로 간다.

트레이시　안녕, 스탠.

스탠　이게 누구야. 내가 자리 하나 비워놨는데, 월드 시리즈 당구대회 오십 달러 걸고 배팅할래?

트레이시　아니. 이번엔 통과.

스탠　정말? 재작년에 네가 땄잖아.

트레이시　이번엔 통과. 어, 보드카 더블 온더록스로 하나

　　　　　줄래?

스탠이 술을 부어준다.

스탠　　　바쁘게 지내고 있어?

트레이시　그러려고 하지. 매일 아침 피케팅하고. 오후에
　　　　　는 여기저기 전화 걸고. 아직 별 소식은 없어. 학
　　　　　교로 돌아가면 노조에서 학비보조를 해주겠다는
　　　　　데, 난 학교는 한 번도 좋아해본 적이 없으니 제
　　　　　대로 된 일자리 찾기 전까지는 노조에서 도와주
　　　　　는 거 받아가면서 어떻게든 버텨볼 생각이야.

스탠　　　이제 거의 석 달 됐네. 씨발.

트레이시　누가 생각이나 했겠어.

스탠　　　어쩌다 이렇게 됐는지 아직도 생각하곤 해.

트레이시　하지 마. 그러지 마. 다들 우리가 팔다리라도 잃
　　　　　은 것처럼 대하는데, 난 괜찮아. 그리고 좋은 소
　　　　　식도 있어. 나 허리 아픈 게 사라졌어.

스탠　　　그거 좋은 소식이네.

트레이시　고마워. 술값은 장부에 달아줘.

스탠　　　안 돼. 카드로라도 내.

트레이시　언제부터?

스탠　　　하워드가. 그렇게 하래.

트레이시　스탠! 이러지 마.

스탠   미안.

트레이시   난 신용카드 없어.

스탠   미안해. 적기만 하고 안 갚는 사람들이 너무 많아. 하워드가 이대론 안 되겠대.

트레이시   스탠! 나야.

스탠   안 돼.

트레이시   (제시를 가리키며) 쟤는 뭘로 내?

스탠   쟨 그때그때 내.

트레이시   쟤는 언니네 집에 얹혀 사는데, 틀림없이 밤에 언니 지갑에서 빼낼 거야.

트레이시가 술을 들이킨다. 그러고는 주머니를 뒤진다. 동전을 꺼내 바 위에 올려놓고 세기 시작한다.

스탠   아 정말, 뭐하는 거야?

트레이시   룰을 바꾼 건 그쪽이야, 내가 아니라.

트레이시는 계속해서 동전을 센다.

트레이시   하워드 망할 자식. 좀 마음 편하게 쉬어보려고 집에서 나왔더니.

스탠   알았어. 알았어. 꼭 그렇게 쇼를 해야겠어. 오늘은 내가 산다, 하지만 이제 알겠지?

트레이시   알았어. 알았어. 알았다고. 고마워. 사랑해.

스탠   정말?

트레이시   그리로 빠지진 말고.

스탠   그냥 하는 얘기야. 그렇게 하면 인생이 조금 쉬
        워질 수도 있잖아.

트레이시   아저씨 지금 아주 로맨틱한 건지 아니면 좆나 기
        회주의적인 건지 헷갈리네.

스탠   자기만 좋으면 둘 중 아무거나 관계없지. 나야
        항상 똑같으니까.

오스카가 다시 들어오다가 트레이시를 본다. 괜히 자기가 부
끄럽다.

트레이시   흥. 내가 그 정도로 절박하진 않아. (오스카에
        게) 뭘 보니?

오스카   아줌마는 인사를 그렇게 해요?

트레이시   그래, 너 같은 좆 같은 쓰레기한테는 그렇게 한
        다. 넌 쓰레기야.

스탠   아 쫌. 그런 소리 하지 좀 마.

오스카   당신이 여자만 아니었으면 그 주둥이에 한 대 멕
        였을 거야. 내가 가정교육을 잘 받은 걸 다행으
        로 알아요.

트레이시	그래? 난 잘 못 받았거든?	스탠	어허이, 그만, 그만!

트레이시가 오스카를 향해 돌진한다. 스탠이 막아서서 트레이시를 잡는다. 오스카가 웃는다.

오스카 어떻게 할 건데?

스탠 오스카! 나가서 좀 쉬어.

트레이시 너 내 아들이 여기 있을 때도 // 그렇게 똑같이 말하나 보자.

오스카 난 아줌마하고 아무 감정 없어요. 이건 사적인 문제가 아네요.

트레이시 모르는 모양인데, 사적인 문제야… 나한테는.

6

2000년 11월 3일

바깥 기온 19도. 뉴스에서는: 대선 나흘 전. 여론조사에서는 조지 부시와 앨 고어가 호각지세를 보이고 있다. 레딩 시장은 근로소득세의 증세를 전제로 한 예산안을 제출한다.

바. 크리스와 제이슨이 뛰어 들어온다. 엄청 흥분해 있다. 제시가 테이블에 앉아 있다. 얼굴은 완전히 망가졌지만 기분은 좋아 보인다.

크리스	그 새끼들 두번 다시 내쪽으로 오지 않는 게 좋을 거야! // 그랬다간—
제이슨	오라 그래! 그놈들이 어떻게 나오든 난 준비됐어!
스탠	대체 무슨 일이야?
제이슨	(건드리면 터질 분위기) 오, 몇 사람이 그 임시직 쓰레기들하고 시비가 붙었어요. 맥마너스가 다쳤어요. 여기 옆얼굴에 열 바늘은 꿰매야 할

거예요.

스탠 그래?

제이슨 저 쓰레기들이 우리 피켓 라인을 마음대로 넘어
가지 못하게 해야 한다는 의견이 있어요.

스탠 그거 느낌이 별로 좋지 않은데.

크리스 이젠 어떻게 될지 모르는 거죠.

스탠 그런 상황은 전에 본 적이 있어. 그건 너희들이
내건 명분에 도움이 안 돼.

제이슨이 주머니에 숨겨놓고 있던 작은 위스키 병을 꺼내 한
모금 몰래 마신다.

크리스 계속 똑같아요. 꿈쩍도 안 해요. 임시직이라고
들어오는 놈들이 전혀 임시 같지도 않고요.

스탠 쉽지 않아. 어떻게들 한대니?

제이슨 씨발 누가 알겠어요? 스텁스, 고드스키 같은 사
람들은 저쪽 제안을 받아들이자 그러는데, 난 모
르겠어요. 지금 항복하면 시간낭비만 엄청 한 거
잖아요. 쟤들은 우릴 깨뜨릴 거고, 그럼 우린 회
복 불가능이에요. 난 앞으로 다시 석 달은 더 버
틸 수 있어요. 정말 어려워지면 오토바이를 팔 거
예요. 근데 그건 그렇고, 솔직히, 그 새끼들 버릇
은 좀 고쳐줘야 될 거 같아요. 어떻게 생각해요?

스탠	그걸 왜 나한테 물어보니? 난 모르겠다. 너넨 젊잖아. 솔직히, 너넨 아직 할 수 있는 게 많잖냔 말야. 어쩌면 지금이 움직여야 할 때야. 이 동넨 이제 예전 같지 않아.
제이슨	가면 어디로 가요?
스탠	아무 데든. 어떨 땐, 우물이 마르면 보따리를 싸서 떠나야 한다는 사실을 우리가 잊어버리고 사는 거 같아. 우리 조상들은 알았는데. 한 곳에 너무 오래 머무르면 필요하지도 않은 것들에 잡혀서 살게 돼. 진짜야. 그렇게 되면 인생이 이 쓸모없는 것들이 쌓인 덩어리가 되는 거야. 감정적이고 물질적인 쓰레기더미. 우리가 지금 뭐에 매달리고 있는 건지 돌아볼 필요가 있어. 안 그래? 난 네 아버지를 알아. 아주 괜찮은 사람이었는데 한창 젊을 때 공장이 잡아먹었어. 돈이야 잘 벌었지, 하지만 파이프를 박는 건 힘든 일이야—
크리스	아저씨, 말 좀.
제이슨	뭐, 이러다가 상황이 정말 심각해지면, 저기 석유회사에서 굴착 일하는 친구가 있어요. 봄 되면 자리 하나 찾아줄 수 있을 거 같다 그랬어요.
스탠	그래? 그 일이 주에 천 달러는 받는다 그러더라. 일 년에 반만 일하고 나머지 반에는 다른 거 할 수도 있고.

제이슨	예. 조합에 가입하고, 그리로 내려가기만 하면 돼요.
스탠	그걸 왜 안 해? 만약 내가 삼십 년만 젊었으면 벌써 거기 내려가 있겠다. 이렇게 일단 금이 간 데서는 곰팡이밖에 못 살아. 여긴 이제 끝났어. 물론 예전에야 괜찮았지. 하지만 향수는 질병이야. 난 그 병에 걸려서 사는 노인네가 되진 않을 거야. 그렇게 해서 나오는 게 뭐가 있어?
크리스	난 아무 생각하고 싶지 않아요. 너무 말을 많이 해서 턱이 아파요. 술이나 마시고, 싸구려 시가나 한 대 피우면서 좀 쉬고 싶은 생각밖에 없어요.
제이슨	그거 참 훌륭한 계획이네.
크리스	난… 우리 아빠를 보면—
스탠	그 사람 지금 한참 힘든 시절을 지나고 있지.
크리스	참 좋게 말씀하시네요. 난 그러지 않을 거예요. 실업수당 끊길 때까지 타먹다가 그 다음엔 일당 타먹는 노가다 좀 하고 내년 가을엔 대학에 갈 거예요. 조합에서 융자를 좀 해준다니까.
제이슨	조합에서 너한테 뭐라 그럴지 알아? "좆까, 좆까, 그리고—"

제이슨이 장난스럽게 크리스의 등에 올라탄다.

크리스 / 제이슨   "좇까!"

스탠   그만, 그만. 징그럽다, 떨어져.

크리스   생맥주 뭐 있어요?

스탠   똑같은 거! 넌 왜 그걸 매번 물어봐야 되니?

크리스   즐거운 놀라움에 대한 희망을 놓지 않는 거죠.

스탠   그러기에는 넌 완전히 엉뚱한 동네에서 사는 거
           야. (웃는다) 여자친구는 어떻게 지내니? 본 지
           오래 됐네.

크리스   잘 안 됐어요.

제이슨   애 자지가 너무 커서 걔 입에 안 들어간대요.

크리스   닥쳐!

제이슨   걔가요—

크리스   시끄러!

제이슨   걔—

크리스   나한텐 너무 버거웠어요.

스탠   그래? 만난 지 얼마나 됐지?

크리스   일 년 조금 안 됐어요. 걔는 항상 뭘 좀 더 원하
           는데, 난 그게 잘 안 되더라고요. 뭔지 모르겠지
           만 두 사람을 한 데 묶는 그 어떤, 바로 그거. 그
           게 느껴지질 않았어요. 그러니 뭐, 잘된 거겠죠.
           아닌가요?

스탠   잘됐네.

크리스   걔한테 앞으로 한동안은 사정이 좀 어려울 거라

고 얘기했어요. 그랬더니 "그게 우리하고 어떤 관계가 있는 건데?" 이러는 거예요. 그래서 자세히 설명을 해줬죠. 상황이 심각해질 거라고. 그랬더니 "그럼, 다른 일자리를 찾아봐야지." 그러길래 그렇잖아도 그러고 있는 중이라고 설명을 해줬죠. 근데 걔는 좀 옛날식인 건지 뭘 원하는 게 있으면 그 자리에서 바로 가져야 되고, 내일에 대해서는 생각할 줄을 몰라요. 실직한 남자한테는 좀 힘든 여자였어요. 주급이 꼬박꼬박 들어오고 예쁜 걸 사줄 때는 마냥 행복해하더니, 자동차에 기름 넣게 이십 달러만 빌려달라고 했더니 당장 도둑놈 취급을 하더군요. 대체 그게 뭐예요?

스탠   바로 그래서 내가 누구하고 얽이질 않는 거야.

크리스   지금이 바로 그때예요. 아저씨 말이 맞아요. 어쩌면 우린 여길 떠나야 돼요. 불평이야 하나님 나라가 임하는 그 순간까지 마냥 할 수도 있죠. 어찌고저쩌고 이러쿵저러쿵. 근데 그런 건 금방 지겨워져요. 전 매일 아침마다 피켓 라인에 나가요. 거기서 공장으로 들어가는 배고픈 표정의 가련한 사람들한테 "쌥새끼들아" 하고 소리를 질러요. 한 오 분 동안은 기분도 좋고 훨씬 잘난 것 같은 느낌도 들지만, 그러고 나서는 곧 현실이 밀어닥치는 거예요. 걔들은 안에 들어가 있어요. 그때 아버지와 아버지 동료들 생각을 하죠. 그렇게 되는 걸 누가 원하겠어요?

제이슨 야, 만약 내가—

크리스 야, 닥치고 있어! 아무 말도 하지 마, 제이슨. 한마디만 했다간 패버릴 테니까. 내 말 끝내게 해줘! 난 내가 공장에서 일하는 게 싫다 그러면 사람들이 뭐라고 할까봐 그걸 항상 걱정했어. 이제 저 놈들은 우리가 싸워야만 부스러기라도 얻어먹을 수 있는 처지로 만들었어. 하지만, 스탠 아저씨도 말했듯이, 상황은 이미 변했어. 그리고 우린 그걸 모르는 척하고 있을 뿐이고.

제이슨 여자들은 돈이 많이 들지. 요즘 여자들이 원하는 것들을 좀 봐, 너무 많아. 아예 주머니를 꿰매버려야 돼.

크리스 와우, 정말, 내가 여태 한 말에서 네가 건진 게 그거라는 거지?

제시 (느닷없이) 아니. 넌 치사한 개자식이야.

크리스 재활병원에나 들어가요!

제이슨 그게 아니라, 진짜로—

트레이시가 화장실에서 나온다.

트레이시	손닦는 종이는 왜 안 갖다 놓는 거야?
스탠	환경을 위해서 나름대로 약간이나마 기여하는 거지.
트레이시	야 제이슨, 엄마한테 한 잔 사라.

트레이시가 제이슨의 어깨에 팔을 두르고 키스를 해준다.

제이슨	진짜? 엄마, 그러면 내가 한 잔 더 할 돈이 없어지는데.
트레이시	가련한 놈, 희생정신은 어디에 흘리고 왔니?
스탠	제이슨, 너무한다.
크리스	제가 살게요, 아주머니.
트레이시	그거 너네 엄마 돈이냐?
크리스	… 아뇨.
트레이시	그럼 됐다. 아저씨. 부어!

제시가 일어난다.

제시	아저씨, 병 딴 김에 나도 한 잔.

스탠은 제시와 트레이시에게 부어준다.

제이슨	야이, 크리스, 너 때문에 내가 나쁜 놈이 됐잖아.

크리스   노력을 별로 안 했는데도 그렇게 됐네.

트레이시   자, 내가 너희들한테 얘기 하나 해줄게―

제이슨   아 됐어

트레이시   시끄러. 너도 들어야 돼. 너네 로니 골몰카라고
          알지, 그 인간이―

오스카가 들어온다. 트레이시가 그를 보더니 말을 멈춘다.
오스카가 돌아 나가기엔 너무 늦었다.

오스카   저 왔어요. 아저씨.

스탠   어 오스카.

오스카   내 물건들 남은 거 가지러 왔어요. 근데 지금 시
        간이 안 좋으면… 저는 그냥…

제이슨과 크리스가 오스카를 노려본다. 스탠이 긴장을 깬다.

스탠   뒷방에 있다. 내가 가져다주랴?

오스카   아뇨, 제가 가지고 갈게요.

제시   (소리를 지른다) 이 좆만 한 쓰레기!

오스카는 뒤켠으로 나간다. 제이슨이 일어선다.

스탠   하지 마!

제이슨	뭘요?
스탠	뭐긴 뭐야. 앉아.
제이슨	개좆 같은 남미 새끼.
스탠	야, 야, 쫌. 이 안에선 그딴 소리 하지 마. 오스카는 좋은 애야. 자기 물건 가지고 가게 내버려 둬. 알았어?
제이슨	난 그런 거 좆도 상관 없어요.
트레이시	아멘. 저 좆만 한 자식은 지가 무슨 짓 하는지 다 알고 하는 거야. 무슨 불쌍한 사연이 있든 말든 내가 왜 알아야 돼. 코딱지만 한 아파트에 쟤가 먹여살려야 할 친척이 열일곱 명이나 있든 말든. 쟤들 똑같은 스토리 듣는 것도 지겨워. 내가 이십 년을 넘게 일한 현장에 지가 어딜 감히 밀고 들어와.
스탠	됐어, 쫌. 여긴 중립지대야.
제이슨	엄마 말이 맞아요. 저 섭새끼가 내 발등을 넘어가게 놔두면 내가 개자식이다. 그럴 순 없을 걸.
크리스	제이슨, 씨발 좀 앉아. 너하고 쟤하고는 아무 관계도 없어. 여기선 안 돼. 쟤는 그냥—
제이슨	그냥 뭐?
크리스	그냥 한 푼이라도 벌려는 애야. 알았어? 너나 나하고 마찬가지라고.
제이슨	아니, 같지 않아. 우린 여기에 역사가 있어. 우

리! 나, 너, 아저씨, 엄마! 저 새끼는 뭐가 있는
데, 어? 영주권 한 장 받았다고 우리가 여태 만
들어 놓은 거에다가 똥 싸고 다닐 권리가 있는
거야?

스탠   잠깐 나가서 한 바퀴 돌고 오지 그러냐?

크리스   그래, 나가자.

크리스가 제이슨을 이끌고 나가려 한다. 제이슨이 뿌리친다.

제이슨   넌 무슨 소릴 하는 거야? 지금 내가 문제인 거
             야? 내가 씨발 가만 있어야 한다고? 까지 마.

크리스   그냥 냅둬. 그냥 좆까라 그래. 어쨌든 지금은 아
             냐. 저 섭새끼는 그럴 가치도 없어. 알았어?

트레이시 너네 쟤가 너희들 쳐다보는 눈길 봤니? 쟤가 너
             희 저녁을 뺏아먹고 있어. 스테이크와 감자를 먹
             고, 씨발 디저트까지 뺏아먹고 있어.

제시   얌! 얌!

제시가 웃는다.

스탠   닥쳐!

트레이시 안 닥칠 거야!

제시   쟤들한테 말해줘.

스탠　　　(제이슨에게) 들었지, 그럴 가치가 없는 일이야.
　　　　　왜 문제를 일으킬라 그래?

제이슨　　그냥 정신을 차리게 해줄 거예요. 잠깐 얘기만
　　　　　할 거예요.

스탠　　　못되게 굴지 마.

제이슨　　내가 못됐다고요? 내가 뭘 했길래요? 시간당 십
　　　　　일 달러? 난 싫어요. 우리가 가만 냅두면 저 새
　　　　　끼들은 우리가 공짜로 일해줄 때까지 몰아댈 거
　　　　　예요. "나약한 놈들은 쇳일을 못한다!" 몰라요?
　　　　　하지만 저놈들은 일할 놈들이 널려 있다는 걸 잘
　　　　　알고 있어요. 그리고 그놈들이 옳아요. 우리 자
　　　　　리에 들어올 놈들은 항상 있을 거예요. 우리가
　　　　　막지 않으면요!

스탠　　　이봐. 개자식은 올스테드야. 그 놈이 여기 있으
　　　　　면 난 너 안 말려. 아니, 네가 제대로 패줄 수 있
　　　　　게 내가 그 새길 잡고 있어주지. 하지만 오스카
　　　　　는… 걔는 다른 얘기야. 걔 여기서 나가게 내버
　　　　　려 둬, 그리고 너는 가만히 입 다물고 있고, 아니
　　　　　면 내가 —

제이슨　　뭐요?! 나는 그냥 걔가 자기 식탁에 올려놓는 저
　　　　　녁식사의 대가가 어떤 건지를 똑똑히 알게 해주
　　　　　겠다는 얘길 하고 있을 뿐이에요.

스탠　　　(소리를 지른다) 그럼 걔가 대체 어떻게 해야 한

다는 건데? 어? 그게 개 잘못이야? 올스테드하고 그 패거리들한테 가서 따져. 그 좆 같은 월스트리트에 가서 따지라고. 널 비참하게 만들어놓고 부자가 된 건 오스카가 아냐.

크리스   제이슨, 아저씨 말이 맞아. 쟤도 지 한 몸 팔고 있는 거야. 우리랑 똑같아.

제이슨   크리스, 넌 대체 왜 그러는 건데? 우리랑 같이 싸우고 있지 않으면 우리 편이 아닌 거야. 나만 이 사실을 분명하게 보고 있는 거야?

트레이시   아니, 넌 틀리지 않아. 저놈이 룰을 깨고 있는 거야, 우리가 아니라!

스탠   네 엄마 말 듣지 말아. 지금 취했어.

트레이시   그래서 뭐? 내가 취했다고 해서 진실이 달라지진 않아.

제시   // 맞는 말씀.

스탠   두 사람 다 가만 앉아 있거나, 아니면 여기서 나가줘. 나 지금 심각하게 하는 말이야. 여기서 문제 일으키지 말아. 오스카하고는 안 돼!

제이슨   오, 어떻게 될지 두고 보죠.

스탠이 배트를 바 위에 소리나게 내려놓는다.

스탠   앉아!

제이슨이 내키지 않지만 앉는다.

크리스   야, 그만 하고, 기브니가 뭐하고 있는지나 보러
          가자.

제이슨   (맥이 빠져서) 그래, 그러던지.

크리스   카드나 좀 치자고. 걔한테서 돈을 따자. 걔는 두
          잔만 먹이면 엉성해지니까 쉽게 털 수 있어.

제이슨   (미소를 지으며) 그래.

크리스   필라델피아에 올라가서 클럽에나 가자고.

제이슨   그거 좋지.

크리스   좋지?

제이슨   좋아. 난 그저—

크리스   그럼 됐어—

제이슨   그래. 난 뭐 괜찮아.

트레이시   (제이슨에게) 그게 문제야. 우리를 따먹겠다고
          하는 놈이 있으면 바로 엎드려서 똥구멍을 내주
          는 거. 우린 다 따먹힐 거야. 크리스, 저놈들이
          너네 아버지를 따먹었어. 그리고 제이슨, 만약
          네 아버지가 지금 여기 있었으면, 내가 분명히
          말하는데, 너희 아버지는—

제이슨이 주먹을 말아쥔다.

스탠   (트레이시에게) 입 닥쳐!

제이슨   아저씨, 말조심해요. 우리 엄마한테 그런 식으로
말하지 마요.

오스카가 한 쪽 어깨에 백팩을 메고 다시 들어온다.

스탠   잘 지내라.

오스카   늘 고마웠어요.

스탠   그리고 네 어머니한테 아리파 빵 고마웠다고 전
해드리고.

오스카   아레파 빵이요. 그럴게요.

스탠   자주 들르고.

두 사람이 악수를 나눈다. 오스카가 문을 향해 간다.

트레이시   야 제이슨, 쟤가 니 돈 가지러 나간다.

스탠   이런 망할.

오스카가 문에 가닿기 전에 제이슨이 튀어나와 앞을 가로막
는다. 두 사람이 눈을 마주보며 얼굴을 맞대고 선다. 상대방
이 겁을 먹고 비켜설 때까지 버티는 형국이다.

오스카   비켜줄래.

제이슨은 움직이지 않는다.

오스카   비켜달라고 그랬는데.

제이슨은 여전히 움직이지 않는다. 오스카는 제이슨을 돌아
서 나가려 한다. 제이슨이 다시 길을 가로막는다.

스탠   지나가게 내버려 둬, 제이슨.

제이슨이 오스카를 자극한다.

오스카   난 당신한테 아무 감정 없는데.
제이슨   그러기엔 너무 늦었어.

크리스가 일어선다.

크리스   야 제이슨, 그만하고 가자, 응?

스탠이 바 뒤에서 걸어나온다.

제이슨   그렇게 못하겠는데. 왜 그런지 모르겠지만, 얠
         여기서 걸어나가게 놔 둘 수가 없어.
스탠   못하긴 왜 못해! 나가게 놔 둬도 너 못났다 그럴

사람 하나도 없어.

오스카　　비켜!

제이슨　　못하겠다면?

둘이 마주 노려본다. 제이슨이 오스카를 밀친다.
스탠이 끼어들어 제이슨의 팔을 잡는다. 제이슨이 스탠을 폭력적으로 밀친다. 스탠이 균형을 잃고 바닥으로 넘어진다.
오스카가 스탠을 도와주러 가려는데, 제이슨이 그를 먼저 붙잡는다.

제시　　　아 씨발!

소란스럽고 어수선한 싸움장면이 펼쳐진다. 싸움은 바 내부를 가로지르면서 벌어진다. 오스카는 제이슨에 맞서서 잘 버틴다. 오스카가 제이슨을 떨쳐내고 문을 향해 달린다.

오스카　　좆까!

제이슨이 오스카를 잡는다. 몸싸움을 한다.
트레이시가 유리잔을 들어 던지려고 한다. 크리스가 트레이시를 붙잡는다. 제이슨이 오스카를 잡고 싸움이 계속된다.
크리스가 둘을 떼어놓으려 한다. 오스카가 크리스를 머리로 받는다. 크리스는 코피가 터진다.

오스카   씨발놈아!

제시   못 가게 해!

크리스의 분노가 폭발한다. 크리스는 오스카에게 헤드록을 걸고 배에 몇 차례 펀치를 먹인다. 오스카가 무릎을 꿇고 주저앉는다.

크리스   이 썹새끼가!

크리스가 오스카의 갈비뼈를 발로 찬다. 오스카가 온몸을 비틀며 고통스러워한다. 제이슨이 바에 올려져 있던 배트를 잡는다.

제이슨   그 새끼 붙잡아!

크리스가 오스카를 잡아 억지로 일으킨다. 싸움을 구경하고 있는 트레이시의 얼굴이 분노로 일그러진다.

스탠   갤 놔 줘!

스탠이 간신히 스스로 몸을 일으키지만, 이미 늦었다. 제이슨이 배트로 오스카의 복부를 가격한다. 오스카가 바닥으로 쓰러진다. 제이슨이 다시 친다. 제이슨이 한 대 더 치려고 와

인드 업을 하는 순간 스탠이 끼어든다. 배트는 스탠의 머리를 세게 가격한다.

스탠이 뒤로 쓰러지면서 머리를 바에 부딪친다 — 피가 터진다. 스탠은 서서히 바닥으로 쓰러진다. 제시가 헉 하고 충격을 받는다. 제이슨 그리고 크리스가 방금 자기들이 저지른 일의 무게를 실감한다. 둘은 달아난다.)

트레이시　　스탠?!

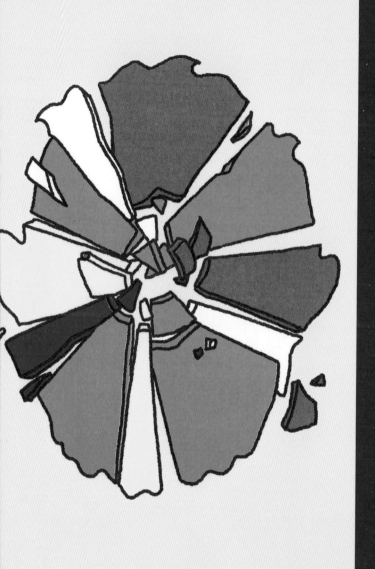

전환의 장

부시 대통령은 미국인들에게 매우 엄중한 경고를 내놓을 준비를 한다. 부시는 월 스트리트에 대한 7천억 달러의 긴급구조금융을 의회에서, 그것도 며칠 안에 승인하지 않으면 전체미국의 경제와 수백만 명의 미국인에게 암울한 사태가 벌어질 거라고 말한다.

8년 후. 바깥 기온 25도. 뉴스에서는: 바그다드와 워싱턴은 2012년까지 이라크에 주둔하고 있는 미군의 철수를 요구하는 것을 골자로 하는 조약에 최종적으로 합의했다. 미국의 주식시장이 733포인트 폭락했는데, 이는 역사상 두 번째로 큰 낙폭이다. 존 맥케인과 버락 오바마는 뉴욕 주 헴스테드에 위치한 호프스트라 대학에서 마지막 TV토론을 가진다. 연방검찰은 레딩에서 일반주택 여러 채를 실내 대마초 농장으로 바꿔 운영한 수백만 달러 규모의 마약 거래조직을 기소한다.

에반이 제이슨과의 만남에 대한 이야기를 마무리하고 있는 크리스를 마주하고 있다.

에반   여긴 크지 않은 동네야. 언젠가는 너희 둘이 만나게 돼 있었어. 이게 문제가 안 됐으면 좋겠다.

크리스   제이슨을 미워하는 데 엄청 많은 시간을 보냈어요. 하지만 막상 걔를 마주하고 보니까 그동안 어떤 느낌을 가지고 있었는지 생각도 안 나더군요.

에반 괜찮아. 이런 건 간단한 문제가 아냐. 내 담당 중에 이 동네 출신 깡패가 하나 있었는데, 아주 거칠고, 단단하기가 차돌 같은 놈이었지. 출소해서는 한 사람 한 사람 만나 타협을 보고, 과거의 일들로부터 다리를 건넜는데, 그놈의 다리를 하도 많이 건너서 아예 물 위를 걷는 것과 마찬가지였어. 그 친구는 두 가지 가능한 길 중에 용서가 훨씬 쉬운 길이라는 걸 발견했어.

크리스 그런 거 다 잘 모르겠어요. 휴, 그날 바에 앉아서 스탠이 늘 따라주는 그 맛대가리 없는 평범한 맥주가 먹기 싫다고 생각하던 게 기억나요. 그날 저녁엔 친구들하고 같이 필라델피아에 가서 클럽에서 놀 생각이었어요. 그리고 그 다음 날엔 올브라이트 대학에 가볼 계획이었고요. 정말 처음으로, 쇠파이프를 박는 일과 술 먹고 숙취로 괴로워하는 것 말고 다른 것도 가능하다는 생각을 하면서 자유를 느끼고 있었어요. 그날 그냥 그 자리를 빠져나왔다면, 오늘 전 // 아마도 —

에반 그러지 마.

크리스 지금 사람들이 저를 쳐다보는 눈길이 너무 싫어요. 내가 어떤 짓을 했는지 사람들이 다 알고 있는 거 같아요. 그 일을 놓고 늘 기도해요. 용서를 구해요. 하지만 매일 아침, 똑같은 공포를 안고 일어나요. 눈앞에 보이는 건 닫힌 문들밖에 없어요. 그리고 마침내 용기를 내서 하나를 열어보고 나면, 그 뒤에는 또다른 닫힌 문이 있어요.

에반이 돌아선다. 이제는 제이슨과 대화한다.

에반 둘이 마주앉아서 대화를 좀 할 필요가 있지 않을까?

제이슨 ⋯예. 알아요. 그 생각도 했어요.

제이슨이 미소를 짓는다.

에반 그거 좀 새롭군. 이봐, 자네가 뭘 피하려고 하는지 알아, 그리고, 충분히 이해해, 하지만—

제이슨 그 바에서 있었던 일에 대해서, 오랫동안 생각도 하지 않고 지냈어요. 근데 이젠 피할 도리가 없죠. 여기서는 어딜 가든 그 날 일을 떠올리게 돼요. 마치 타운 전체가 그날 그 바 안에 있었고, 제가 그랬던 것처럼 모조리 한바탕 뒤집어진 거 같아요.

에반 선교원 안에서도 싸웠단 전화를 받았는데. 그거 사실인가? 요즘은 어디서 자나?

제이슨 엄마네 집은 너무 우울하고, 어떤 친구가 텐트하고 슬리핑 백을 줘서 다른 친구들하고 숲에 들어가서 캠핑을 하고 있어요. 지낼 만해요.

에반 난 당신 주소지가 필요한데.

제이슨 비용이 하나도 안 들거든요. 선교원에서 모자라는 침대 차지하려고 싸우는 것보다 훨씬 나아요. 날 불러내는 놈도 없고요.

에반 곧 추워질 텐데.

제이슨 글쎄요, 언젠가 제가 건너야 할 다리를 만나게 되면 저도 그걸 건너게 되겠죠. 크리스를 우연히 마주친 후로, 집중을 할 수가 없었어요. 이해해 보려고 노력 중이긴 하지만요. 무슨 일이 벌어졌던 건지. 그냥 그 날의 분노만 기억나요. 눈을 멀게 한 분노. 그리고 그걸 떨쳐버릴 수가 없어요. 마치 제가 노상 입고 지내는 이 모직자켓 같아요. 누가 절 고약한 눈으로 쳐다보기라도 하면 곧장 얼굴을 바숴버리고 싶어져요. 왜 그런지 저도 모르겠어요.

에반 휴, 내가 지금 하려는 얘기가 마음에 안 들거야. 하지만 그래도 그냥 할게. 수치심이야.

제이슨 예?

에반 자네 같은 처지에 있는 사람들을 많이 봐서 이

제 좀 알 것 같아. 그건… 상처를 오래 내버려 둬서 불구가 되는 것 같은 거야. 난 상담사도 아니고, 이런 거에 대해서 얘기할 만한 사람은 아니지만, 하지만 내가 알게 된 건데, 그건 생산적인 감정은 아냐. 대부분의 사람들은 결국에 가서 우릴 파괴하는 게 죄책감이나 막연한 분노라고 생각하는데, 내가 경험을 통해서 알게 된 건, 우리가 아주 사라져버릴 때까지 우릴 갉아먹는 건 수치심이라는 거야. 당신 이 일에 엄청 시간을 썼어. 그런데 지금 봐봐, 여태 이 얘기를 해왔잖아. 그리고 얘기는 얼마든지 더 할 수 있어— 그런데, 자네가 지금 있는 그 자리에 대해서는 무얼 할 건가 말야? 무슨 말인지 알겠어?

조명이 바뀐다. 크리스가 보인다.

제이슨   예.

크리스   예. 알겠어요.

2008년 10월 18일

바깥 기온 15도. 뉴스에서는: 미국 내 건설업, 조경업, 식당업 등의 분야에서 일자리가 사라지면서 수만 명의 중남미계 이민들이 고국으로 돌아간다. 공화당 펜실베이니아 주 지부는 투표자 등록사기를 조장했다는 혐의로 지역공동체 활동가 그룹인 에이콘ACORN[1]을 고소한다. 필라델피아 필리스는 2008년 메이저리그 야구 월드 시리즈에서 탬파베이 레이스와 맞붙는다.

바. 새로 깨끗하게 단장을 마쳤다. 나이가 든 오스카가 바 뒤에 서 있다. 크리스가 들어와 머뭇거리다가 테이블에 앉는다.

사이. 오스카는 말을 걸어야 할지 잠시 생각한다.

---

1   개혁을 위한 지역공동체 조직들의 연합체. 지역에서 저소득층의 주거지역 안전, 투표인 등록, 건강보험, 주택 등을 비롯한 사회적 이유들을 다루는 조직들의 연합체. 선거철마다 투표자 등록을 적극적으로 밀어붙여서 보수우파와 갈등이 심하다.

오스카   스포츠 채널 틀어줄까?

크리스   아니. 잘 지내?

오스카   응. 나왔단 얘기는 들었어.

사이

크리스   오스카, 저기—

오스카   내 이름을 알고 있는 줄은 몰랐네.

크리스   어—

오스카   뭐 마실래?

크리스   ⋯ 생맥주 뭐가 있지?

오스카   수제맥주가 있지. 이 지역 어떤 사람이 만드는
            거야.

크리스   농담하는 거지.

오스카   아니. 상당히 괜찮아.

크리스   어, 그래 그럼.

오스카가 맥주를 따른다.

크리스   좋아졌네.

오스카   사람들이 바뀌었어. 공장 문 닫고 난 다음엔 대
            학생들이 많이 와. 흐름을 따라가려고 애쓰고 있
            지, 보다시피—

크리스   그래. 그 저, 어, 하워드는 어때?

오스카   은퇴했어. 피닉스로 갔지. 내가 매니저야.

크리스   그래?

오스카   응. 바텐더 일은 주말에만 보고.

크리스   그거 잘됐네.

오스카   고마워.

크리스   저기…

오스카   저기. 무슨 말을 하려는 건지 모르겠지만—

크리스   들어봐.

제이슨이 들어선다. 오스카가 깜짝 놀라면서 조금 신경이 날
카로워진다.

오스카   워우. 오늘 무슨 날인가?

제이슨이 순간 멈춰서서 어쩔 줄을 모르는 것 같더니, 다시
돌아서서 나가려 한다.

크리스   제이슨!

오스카   난 저 친구—

제이슨   야, 아무래도 안 되겠—

크리스   나가지 마. 너 올 거라고 생각 못했어. 우리가—

사이. 제이슨은 나가야 할지 말지를 두고 잠시 생각한다. 그 때, 심하게 다리를 저는 스탠이 들어선다. 심각한 뇌부상을 당했다는 사실이 보인다. 매우 어렵게 걸음을 옮긴다. 그걸 지켜보는 건 고통스러운 일이다. 마침내,

크리스　　아저씨, 잘 지내셨어요. 스탠 아저씨.

스탠은 이들이 와 있다는 사실을 인지하지 못한다.

오스카　　잘 못 들으셔.
크리스　　아아.

스탠은 테이블을 닦으면서 다닌다. 다들 그 모습을 지켜본 다. 스탠이 행주를 떨어뜨린다. 그걸 집어들려고 애쓴다. 제 이슨이 뛰어가서 주워준다.

스탠　　　(제대로 말하지 못한다) 고맙… 소.
제이슨　　네가 돌봐드리고 있구나. 좋네.
오스카　　당연히 그래야지.

크리스와 제이슨의 눈에 사과하는 마음이 들어 있지만, 아직 말로는 꺼내지 못한다. 네 사내는 어색한 가운데 같이 머무 르면서 다음 순간을 기다린다. 암전.

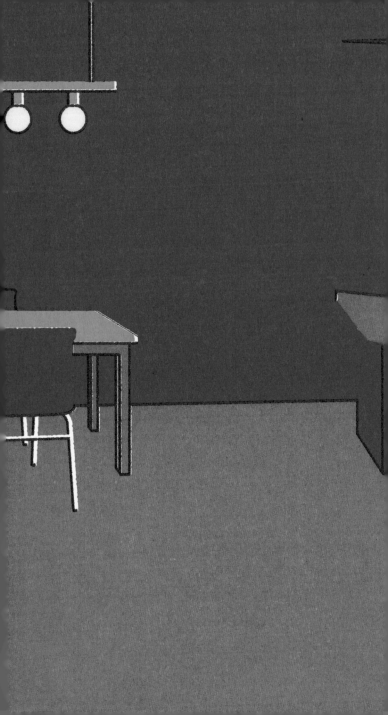

옮긴이의 말

이 작품은 미국의 극작가 린 노티지의 2015년작 〈Sweat〉를 옮긴 것이다. 제목인 'sweat'은 '땀'으로 번역될 수도 있고, 우리 말에서 땀이 의미하는 것처럼 '노동'으로 번역될 수도 있다. 이 이야기는 펜실베이니아 주의 공장지대인 레딩을 배경으로 2000년과 2008년을 오가며 진행된다. 2000년은 북미자유무역협정NAFTA이 1994년에 발효된 뒤 대기업에 이어 중소기업들까지 멕시코로 떠나거나, 남은 기업들은 멕시코와 중국에서 들어오는 저가제품의 공세에 대응한다는 명목으로 폐업과 구조조정을 밀어붙이던 무렵이다. 이때를 전후해서 미국은 제조업 붕괴의 정점을 찍었고, 그후로 다시는 회복되지 못했다. 신자유주의의 수호자들과 그들을 부추겼던 미래학자들의 주장에 따르면 IT를 중심으로 하는 신산업체계로 재편된 새로운 경제가 이들을 충분히 먹여살려야 했다. 하지만, 그런 일은 이뤄지지 않았다. 다만, 노동계급의 붕괴만 현실화되었다.

이 작품은 바로 이 현상, 노동계급의 붕괴를 가장 작은 사회단위인 개인과 개인의 관계, 그리고 각 개인의 내면의 변화 속에서 그려내고 있다. 이때 각 개인은 흑인이고, 히스패닉이고, 백인이다. 이 지점에 주목할 필요가 있다. 이 작품의 두 주요인물 트레이시와 신시아가 각각 백인과 흑인이라는 사실은 이들이 평생을 바쳐 일해온 회사가 라인을 폐쇄하면서 이들의 삶이 파국에 처하게 되는 시점에 이르러서야 비로소 중요하게 부각된다. 노티지가 그려내려 한 것은 각 인종들 사이의 갈등과 그 갈등으로 인해 도달하게 되는 파국이 아니라 그 반대다. 인종은 다르지만 이웃이자 동료로서 잘 유지되어 오던 사람들의 관계는 이들을 둘러싼 안정된 체제가 붕괴될 때 함께 붕괴되고, 그 과정에서 각 인종에 속한 개인들이 각자 시험에 들고, 고난에 처하게 된다는 사실을 노티지는 주목하고 있다.

린 노티지는 흑인 여성작가다. 흑인 여성작가로서는 최초로 두 차례(2009년 〈폐허Ruined〉, 2017년 〈스웨트Sweat〉)나 퓰리처상을 수상했다. 그러나 노티지는 자신이 '흑인여성'이라는 사실에 방점을 찍지 말아달라고 요구해 왔다. 자신이 쓰는 이야기들이 물론 주로 흑인, 그리고 여성의 삶에 대한 것이지만, 그 삶들은 본질적으로 정치와 경제체제 전체에 의해 규정되는 것이고, 그 규정성은 '보편적으로 중요한 주제'라고 여겼기 때문이다. 이 작품을 읽고 나면 아마도 그 주장에 쉽게 동의할 수 있을 것이다.

스웨트

1판 1쇄 펴냄 2020년 9월 4일
1판 2쇄 펴냄 2022년 7월 8일

지은이 린 노티지
옮긴이 고영범
그래픽 우연식
펴낸이 안지미

펴낸곳 (주)알마
출판등록 2006년 6월 22일 제2013-000266호
주소 04056 서울시 마포구 신촌로4길 5-13, 3층
전화 02.324.3800 판매 02.324.7863 편집
전송 02.324.1144

전자우편 alma@almabook.com
페이스북 /almabooks
트위터 @alma_books
인스타그램 @alma_books

ISBN 979-11-5992-317-3 04800
ISBN 979-11-5992-244-2 (세트)

알마는 아이쿱생협과 더불어 협동조합의 가치를 실천하는 출판사입니다.